# 死にたいあなたに男子大学生がお肉をごちそうしてくれるだけのお話

夕鷺かのう

角川文庫
23469

*Contents*

*
*



*
*

＊＊ 1 ホイル包み焼きハンバーグ ＊＊

料理は別に好きではない。……いや、なかった。

できなくはないが、必要ないなら避けたい。私にとっては、そんな存在が、料理。

あれを作りたいだとか、これが安かったから使おうだとか。春には新ジャガを蒸して、ポテトサラダにする？　夏には冷水で締めたそうめんに、刻みネギや千切り茗荷《みょうが》の薬味をたっぷり添える？　それはそれは、ご立派なことで。話に聞きはするけれど、自分でやろうなんて考えたこともない。

気まぐれで買った材料を、知らぬ間に腐らせれば気分が落ちる。無精が過ぎて、買い置きの七味に虫が湧いたこともあった。ナンプラーだの甜麺醬《てんめんじゃん》だのと珍しい調味料など買ったが最後、オチは決まって「賞味期限は何年前でしたっけ？」……。

どんな味でも喉《のど》を通れば同じだし、どうせ摂取する栄養が同じなら、ゼリー飲料やブロックビスケットの方が効率的だろう。さようにパサパサと乾いた感性のまま、長年過ごしてきた。

けれど最近、そんな私が料理に興味を持っている。我ながら奇跡ではあるまいか。

理由は単純明快。某動画サイトの、とあるお料理チャンネルに夢中だから。

仕事が終わって、家に帰って。日中の疲労と憂鬱《ゆううつ》とをしこたま溜《た》め込んだ重たい体を座椅子に落ち着け、だるさを押し切ってスマホをタップ。

すると、魔法が始まるのだ。

「――はいっ、みなさんこんにちは！　今日も〝料理好きの男子大学生〟の動画をご覧いただき、ありがとうございます」

明るい笑みを浮かべた男の子が、楽しそうに料理をして。美味《おい》しそうなご馳走《ちそう》が、見る間に出来上がっていく。包丁とまな板とお鍋《なべ》とコンロで、日常の嫌なことも全部刻んで、焼いて、ぐつぐつ煮詰めてしまうかのように。

画面の中で繰り広げられる、家庭的で平凡で、優しく穏やかな非日常。

ああ。――その箱庭の、なんと甘美で素敵なことだろうか。

*

——この人生は、悪循環だけで構成されている。

今の中嶋未桜《なかじまみお》にとって、日々とは常に「そんなもの」だ。

生きるのはしんどい。めんどくさい。さりとて積極的に死ぬほどの勇気もガッツもない。だから結局、ぬるぬると寝て起きる。惰性で酸素を吸って二酸化炭素を吐いて、ものを咀嚼《そしゃく》して飲み込んで消化して得たなけなしのエネルギーで、やる気なく体を動かす。以下エンドレスリピート。

ただ、このところ少しだけ、長生きに興味が出てきた。

(だって。あいつより先に死んだら、私の葬式にはあいつが来る)

さも大親友みたいな風情で、清楚《せいそ》系ブランドのブラックフォーマルを纏《まと》って、高らかにピンヒールを鳴らし、首に花珠《はなだま》真珠のネックレスなんか巻いたりして。まるで悲劇のヒロインよろしく泣き腫《は》らした目を、ばっちりウォータープルーフのアイシャドウとマスカラで武装して。

それからきっと、レースで縁取ったハンカチで目元をそっと押さえながら、真っ白いスプレー菊を未桜の棺桶《かんおけ》にそっと供えつつ、こんなことを吐《ぬ》かすに違いない。

——ああ。未桜ちゃんはあたしにとって、本当に大事な友達だったんです！　まさかこんなに早く逝ってしまうなんて……！

コーラルピンクのネイルで彩った指先で、これ見よがしに未桜の屍《しかばね》に触れ、わざとらしく湿らせた声で、「未桜ちゃん。あっちでも元気でね、またお茶しようね……」なんて歯の浮くようなセリフもつけてくれるかもしれない。死んでいるのに元気なわけがないし、あんたと飲む茶なんぞ、あの世であろうとうまいわけがあるか。考えただけで虫唾《むしず》が走る。

（大事な友達。そりゃそうでしょうよ。ってか、大事な踏み台の間違いよね。——あんたは私の人生を丸ごと奪っていったんだから）

別にご長寿に興味はないが、自分の葬儀の場で、あの女がさめざめと涙に暮れながら母や父にお悔やみを述べる現場を想像するだけで、それこそ憤死しそうだ。

まったく嫌気がさす。あの女にだけではない。

（——命を繋《つな》ぎたい理由がそんなことしか浮かんでこない、今の自分にも）

某シアトル系のカフェチェーンで一番安い、本日のアイスコーヒーを啜《すす》りながら。未桜は、ストローの縁を知らずにガリッと噛《か》んでいた。このところエコだか持続可能ななんちゃらだかの影響で、冷たい飲み物につけられるストローはどこもかしこもみんな紙製なのは、正直ありがたくない。すでに幾度めかの衝撃を受けてペシャンコになったそれは、ただでさえ吸いにくい上に、水っぽく薄まったコーヒーの苦さに紙特有の雑味が混ぜられて、なんともいえない気分にさせてくれるのだった。

寝て起きる。食べて出す。息を吸って吐く。生命維持活動だけならば、因数分解すればそれだけなのに。「生きる」となるとかくも鬱陶《うっとう》しく、めんどくさい。

窓の外には、加熱されたアスファルトの路地を踏んで歩く無数の人々。排ガスを吸いすぎてすっかり精彩を欠いた葉をくっつけた街路樹。まばらに雲を散らす晴れ渡った青空とて、どうせ曇っていても泣いていても、傘とレインブーツを使うべきか判断する材料にするくらいで、特に感慨も湧かない。

いつもの、風景。

今の末桜にとって、日替わりなのは、ここで頼むコーヒー豆の種類くらいのもの。この窓から見える風景は昨日も同じで、きっと明日《あした》も変わらない。その貴重な日替わり担当のコーヒーにしたって、ベネズエラもエチオピアもモカも、ろくに味の違いなんて分かりやしないのだけど。

（ああ、雀になりたいなあ。道端でパンくずを啄《ついば》むだけの生き方がしたい）

でも、どこかで聞いた話では、鳥の消化器官は食べたパンに対応できないらしい。あいつらはいずれ、胃のなかで膨らんだパンくずに殺されるのだ。

ならば猫になりたい。お金持ちの家で高級なキャットフードをつまみ、日がな一日家でゴロゴロして、「かわいいね」と褒められるだけの生き方がしたい。でも、飼い猫には自由がない。気まぐれにご主人様に見放されれば、下手をすれば保健所送りだ。ブリーダーの手で繁殖させられこの世に生まれでた瞬間から、生き方どころか死に方も選ばせてもらえない。

（なんてね……。そんなこと言ってもしょうがないし、結論はシンプルなんだけど。なんだかんだ言って、結局人間に生まれてしまったからには、人間として生きるしかないわけで）

ただ漫然と生きて、そのうちブッンとスイッチが切れて死ぬ。人生なんて、「人」間として「生」を享《う》けた瞬間から詰んでいると思ったけれど、何のことはない、他の生き物でも大差はないようだ。素晴らしい。――絶望だ。

取り止めもなく、鬱々《うつうつ》とするばかりの考え事に終止符を打つべく、腕時計でちらりと時刻を確認する。クライアントとの約束まで、あと十五分。

（はあ。行くか……）

潰《つぶ》れたストローを引き抜き、氷が溶けてほとんどコーヒー味の水と化したグラスの中身を一気に飲み干し、未桜はカウンター席からノロノロと立ち上がった。アイロンを当てる気にもならないほど着古した己のスカートスーツが、いつになくやけに皺《しわ》だらけでよれて目に映る。

中嶋未桜、三十一歳。性別、女性。未婚。

職業は、生命保険の斡旋《あっせん》販売員。ひと昔前には、いわゆる『生保レディ』と呼ばれていた仕事だ。

勤め先の企業名は誰でも知っているような有名どころだし、身分としては正社員である。しかし未桜の会社が特殊なのか、正規雇用として入社するものの、あくまで名目上だ。社員資格には派遣よろしく毎年更新があり、月々の契約数の業績がノルマ達成できていないと、その資格を失ってしまう。資格継続のため、ノルマ達成に血道を上げざるを得ないシステムなのだ。この就業規則、労基法ギリギリなのではと未桜はいつも疑わしく考えるのだが、今のところ労基署から何も言われていないようなので、まあ大丈夫なのだろう。知らないが。

おかげで未桜は、電話をかけてさまざまな会社を巡っては契約を取り付ける正攻法の他、知人や親戚《しんせき》に至るまで「保険に入りませんか？」とパッケージ商品を売り歩く日々を送っている。高額な割に、決して自分で欲しいと思わないようなそれらを、さも極上のものであるようにほめそやし、大事な人たちにまで薦めるのは、正直気が滅入《めい》る。

(こうじゃなかった。こんなはずじゃ。私は)

入社は二年前。

それまでは、わりあいに名前の知れた某国立大学の大学院で、博士課程に在籍していた。専攻は日本考古学。その中でも特に、水底に沈んだ文化遺産を調査する、水中考古学を中心に据えていたのだ。

その学問に興味を持ったきっかけは、今でもよく覚えている——かの有名な豪華客船、タイタニック号を主題にとった、世界的に大ヒットした映画作品である。同時に鑑賞した周囲はみんな、悲劇に見舞われた恋人たちのロマンスで盛り上がっていたが、たったひとり未桜だけは、その冒頭シーンで映し出された、沈没船内部の映像に夢中になった。水深約三八〇〇メートルの深海に沈み、変わり果てた姿をカメラの前に晒《さら》すその船内では、それでもダイニングルームの豪奢《ごうしゃ》なシャンデリアや航海士室のガラス窓などが、冷たい海水というヴェールを纏《まと》い、時間による荒廃からその神秘的な姿を守っていた。

水に秘められた歴史の秘跡を、もっと知りたい。そこからの未桜は、取り憑《つ》かれたように目につく限りの関連書を読み漁《あさ》った。沈没船だけではなく、地震などの地殻変動によって海中に没した数々の遺跡の存在——エジプトのファロス灯台などだ——もあると知り、そのミステリアスな魅力にさらにのめり込む。そのうちに、水中考古学という言葉に辿《たど》り着き、それがさらに、数々の研究者たちが必要性と重要性を訴えつつ、この海洋国家である日本において、一進一退を繰り返すジャンルであると知ることができた。

何せ、水中考古学の歴史は浅い。第二次世界大戦の終盤に、潜水装備であるアクアラングが発明されてからスタートしているのだから、当然の話ではある。しかし日本ではことさらに、ヨーロッパに比してその発展がスムーズには進まず、世間での認知度も低い。国内で水中考古学を志す人々の多くは、少なからず世界に出遅れたと感じているようだった。

それを知った時、未桜は何よりもまず、血が沸くような興奮を覚えた。

（いばらの道でも、それが面白いんだ。まだまだ発展の余地がある、これからの学問だってことなんだから。今、最前線で頑張っている人たちの助けに、どうやったらなれるだろう。一筋縄ではいかない中で自分にできることを探すのは、きっと、すごく楽しい！）

水中調査は、事前探査であれ発掘であれ、ひとたび行おうとすれば、莫大《ばくだい》な予算を必要とすることも判明した。場合によっては何千万、何億という金が飛んでいくという。あるいはダイバーを雇い、あるいは音響調査機器や探査ロボットを駆使するのだから、さもありなん。理系学問との密な連携も必須《ひっす》だ。学部から勉強を続けるうちに、未桜の興味関心は、もっぱら調査そのものよりも、研究者たちがいかにして効率的に資金調達できるか、調査後の水中遺跡をどう活用していくか、という部分に寄っていった。

院に進んでからは、指導教官として、高校時代から憧《あこが》れてきた先生に師事することができ、とにかく研究、研究の日々を送っていたのだ。

書籍と論文草稿に埋もれるような生活だったから、親しい友達なんて、一人しかいなかった。――山中麗子《やまなかれいこ》という、研究室の同期の子。それでも親友と呼べるほどに密な親しさを覚えていた相手だったから、不満なんて感じたことはなかったけれど。

麗子とは、修士一年の新歓コンパで出会った。より専門的なことを学びたくて、学部とは違う大学を選んだこと、そして進学先が実家と遠く離れた地であったことのダブルパンチで、未桜は院に入ってしばらく孤独だった。

古代魚みたいな顔をした研究室代表の教授が、「みなさん……こうして、残念ながら入院してしまったわけなので、……早く、退院してくださいね……」などとうそ寒い冗談を交えて研究室の新人たちを歓迎する挨拶《あいさつ》を述べるのを、半笑いで聞きつつ。周りですっかり出来上がっている「もうお互いによく知り合った、内部進学組の仲よしグループ」の空気に中《あ》てられて、身の置き場に困っていたときだ。

『ね、ね、あのねぇ。ひょっとしてあなたも他大学出身だったりする？ ……あたしもなんだ！』

肩をちょいとつつかれ、振り返った先にいたのが麗子だった。

綺麗《きれい》な子だな、……と。真っ先に抱いた印象を、今でもよく覚えている。

背中に届くほどの真っ黒い髪を、しっかりとアイロンでストレートにのばして、シンプルなバレッタでハーフアップに。春らしいパウダーピンクのアンサンブルに合わせた、ミモレ丈のプリーツスカート。ナチュラルメイクで上品に整えられた顔の中で、濡《ぬ》れたように大きな黒い瞳《ひとみ》がじっと未桜を見つめていた。

『なんかちょっと、周りみんな「よく知ってるお友達なんですぅ」……って感じで、困っちゃうよね。あたし、山中麗子。C大学の考古学研究室から来たの。よかったら、仲良くして！』

淡い色のグロスでつやを出した唇が、キュッと三日月形に笑みを形作るのを見て、未桜は自然と何度もコクコク頷《うなず》いていた。『ありがとう。……こちらこそ、よろしく』だとか、そんなことをモゴモゴと返した気もする。

そこから未桜は、麗子と急速に仲良くなった。

麗子は気さくで話しやすく、流行やおしゃれに詳しかった。染めもしない髪は乾かすのが面倒だからと常に短く、顔は安物コスメで雑な化粧をしたりしなかったり、「服は着られたらいい」の一言で某量販ブランドのパーカーとデニムを着回す未桜に、『もー、未桜ちゃんたら、流石《さすが》にちょっと女捨てすぎ！　そんなんじゃ婚期逃しちゃうよぉ』などと笑いながら、メイクやファッションのいろはを教えてくれたのは麗子だった。

逆に麗子は、研究についてはからっきしだった。ゼミでも何度も研究テーマを変更し、修士課程もどうにか期限ギリギリに論文を提出して乗り切ったという有様で、それも未桜がかなり手伝ったものだ。タイプは違えど、同じ歴史好きの考古学畑の民だと思っていたら、麗子の口からは『測量とか発掘とか、考古学の調査って予想外に泥臭くてびっくりしちゃったよねぇ』という一言が出て驚いたことがある。『えと、……麗子は学部で泥臭いことやらなかった？』とおっかなびっくり尋ねてみると、『うち、先生が優しくて』とのことで、未桜は首を捻《ひね》ったものだ。先生が優しくても、調査にも研究にも全く関わってこないと思うのだが……。

『あーあ、有名になりたいなぁ』

博士に進む前、麗子は何度も漏らしていた。研究室備え付けの、いつからあるかもわからない、えらくレトロな緋色《ひいろ》のコーヒーメイカーでコーヒーを淹《い》れながら――麗子はじっと座っているのが苦手だとかで、何かと理由をつけて席を立ちたがり、その多くがこの「コーヒーを淹れる」ことだった——彼女は甘ったるいピンク色の唇をアヒルのように突き出した。

『ほら、あるじゃん。メキシコのチチェン・イッツァとか、エジプトの王家の谷とか、イタリアのポンペイとかぁ。あたしね、考古学ってもっと華やかで派手でかっこいいの、想像してたんだけど。見込みちがいだったみたい。それで、有名な先生たちみたいに、テレビとかでどんどんインタビューされちゃって。いいなあ。あの人たち、お手軽に注目浴びられて、いいなあ』

『……どの先生も、泥臭くて地道な調査と研究を積み重ねたから結果として有名になったのであって、決してお手軽ってわけじゃないと思うよ』

名前を例にとられた先生方は、未桜も著作を何度も読み返しては尊敬している人たちばかりだったので、やんわりと訂正してみた。

『おえっ。お説教臭い。未桜ちゃんそういうとこあるよねぇ』

綺麗に整えた眉《まゆ》を顰《ひそ》め、麗子はますます口をとんがらせたものだ。

『ならあたし、大学教授の奥さんになりたいな。そしたら研究室にも遠慮なくいられるし、未桜ちゃんともずっと一緒だし？　だって未桜ちゃん、ドクター終わっても研究続けるでしょ？　あたしも同じところにいたい』

『またそんな』

『ほんとほんと。未桜ちゃんはあたしの憧れなの。研究に一生懸命でかっこよくて。あたし、未桜ちゃんみたいになりたいんだぁ』

　調子いいなあ、けどちょっと可愛いことを言ってくれるじゃないか……と照れ臭さを覚えつつ。笑って返した未桜だが、麗子の台詞《せりふ》の前半が気になったのは確かだ。麗子は研究自体への興味はからっきしだったが、反して異性との交友にはいささか不健全な方向に積極的と言おうか、――いわゆる〝サークルクラッシャー〟な気質が少なからずあったためである。

　女慣れしていない助教や講師、准教授を狙って近づき、そこかしこで大学を跨《また》いでいろいろな相手と、いわゆる「そういう関係」になっている――とは、この研究室に入ってから数ヶ月経たないうちから、何度も聞いてきた話だった。

　論文がボロボロの出来だったにも拘《かか》わらず、修士課程を無事に修了できたのも、逆にあまりやる気もないまま博士に入ることができたのも、「何か不自然な力」が働いているかもしれない、なんて噂は絶えず付き纏《まと》っており。『あれ、いい加減見てられないから、中嶋さんから何か言ってくれないかな』などと、内部進学の同期にちくりと言われたこともあるが、やんわりと受け流してきた未桜だ。なぜなら彼らは、未桜にとってお世辞にも友人とは言えず。逆に研究室でもプライベートでも、未桜が気軽に話せる相手は麗子だけだった。特に、麗子は誰かに注意されたり叱られることをひどく嫌うたちだったから、未桜からは何も言えるはずがない。唯一の友達を、失うのが怖かったのだ。

　そして最終的に麗子が目をつけたのは、未桜の指導教官の教授だった。六十手前という、親子ほどにも開いた年齢差を気にしなければ、彼は男やもめだったから、今までの「不健全な関係にある」とされてきた研究室のメンバーと違って――恋人のいる相手や、なんなら既婚者もいたので――付き合っていても、特に倫理的な問題はなかった。

麗子にとって公私混同は通常運転のようで、途中まで師事していた教官を断って、ゼミを移ってもきた。正直なところ、尊敬する先生に「手を出される」のは未桜にとってあまり歓迎すべき事態ではなかったが、それを麗子本人に言ったところでまた不機嫌になるのが分かりきっていた。何より、未桜は暇さえあれば研究に打ち込みたい人種だったから、ひと様の色恋沙汰《ざた》に費やしている時間などない、というスタンスを貫いたのだ。

未桜はバイトの傍ら研究に打ち込み、必要な資料をとにかく集めた。固定のデスク引き出しに分厚いファイルをしこたま入れ続けていると、例のコーヒーメイカーをいじりながら、『未桜ちゃんは真面目だなあ、ソンケーしちゃう。でも、水中の遺跡調査なんて、すっごくロマンチック！ あたしもテーマにしたいくらい』と麗子は笑っていたものだ。

この時、彼女の動きにもう少し真剣に気を配っていたら――と。未桜は後悔してやまない。

このまま修了したところで、麗子はどうするのだろう。ふらふらと遊び歩いている彼女を見て、未桜は親友として心配だった。何度「大丈夫？」という心配の言葉を喉元《のどもと》で飲み込んだか知れない。例えば修士課程だけなら、それなりに名の知れた大学ということもあって、そのまま就職するにも苦労はないだろう。けれど、博士まで行くとそうはいかない。研究室に在籍したまま三十路《みそじ》に突入することもザラで、そうすると、学芸員か助教か講師か、とにかく研究に関わる以外の働き口の幅はグッと狭まる。文系は特に。

（麗子はこのまま、教授のお嫁さんになるのかな。二十九までに結婚したいって言ってたし……）

けれど、「有名になりたい」とも言っていた。教授の研究を陰から助ける身分で果たして彼女が満足するのかは、未桜にはわからない。そして、その頃には教授との関係も研究室の公然の秘密になっていたものの、その相手も、年齢差も関係の始まり方も、未桜にはどうにもすんなりとは祝福し難いものだったのも事実ではある。

そうこうするうち、博士課程も終盤に差し掛かってきた。

（自分のことだけ考えよう。博士論文は、きっと力作にできる）

未桜は、手元の研究成果に自信があった。長い時間をかけて培ってきたそれは、もはや分身のような、我が子にも等しいもので。そして、教授からも『視座も対象も新しい、これは話題になる』と太鼓判を押されていた。

いよいよ集めてきた資料を使って論文を作成し、練り直し。指導教官の例の教授とも打ち合わせを綿密に続け、――そんな中だった。他大学と共同で開催される、とある中心的な学会で、全く予想外のことが起きたのは。

麗子が学会の発表側メンバーにいる。それだけならなんら不思議ではない。

――日本水中考古学における海底遺跡ミュージアム構想の可能性と、国内外の海洋調査ファンドの活用について。

問題は、彼女の発表した内容が、何もかもすべて、未桜が長年かけて研究してきた内容だったことだった。


『どういうことなの、麗子……！』

学会誌に掲載されたレポートも、そっくりそのまま未桜のもの。

麗子の発表の間中、気が気でない状態で過ごした未桜は、彼女が壇上から降りるのを待って、麗子を問い詰めた。怒りのあまり、目を開けているのに視界が真っ赤になるなんて経験、後にも先にもあれ以外ないだろう。

『どういうことって……さっきのあたしの発表のこと？　うふふ、頑張ったんだぁ。ずっと興味を持ってた論題でね、教授も是非って太鼓判押してくれたし。資料もすっかり揃ってるから、博士論文出す前にここらで一度お披露目するのがちょうどいいって、教授がぁ』

『資料も揃っても何も……！　あれ全部、私の研究成果じゃない!?』

確かに、推敲《すいこう》中の論稿や資料の集積場所を、麗子は把握していた。引き出しに鍵《かぎ》もかけていなかった。まさか成果を盗むなんて不届きなことをする人間が、研究室にいるなど考えてもみなかったからだ。それもよりによって、唯一の友人に……。

（そういえば先生、博士課程修了時に注目を集めたいからって、ゼミでの中間発表でも、私が論文の内容に触れるのを避けさせてた！　今思うとあれも全部わざとで、……教授もグルだったんだ。私の研究を盗むための！）

——許せない。

何年も何年も何年も、寝食も忘れて励み、時間的にも金銭的にも睡眠や食事も切り詰めて打ち込んできたのは、こんなところで横取りされるためではない。

なんて卑劣なことを。ひどい。

平手打ちして、そう罵《ののし》るはずだったのに。

『ええ!?　何言ってるの!?　ちょっと妄想きついよぉ、未桜、ちゃん……？』

胸ぐらを掴《つか》みたい衝動に駆られたところでかけられた言葉に、——未桜は目を丸くした。麗子の表情は、まるで自分がとんでもなく理不尽なことを突きつけられたように、呆然《ぼうぜん》としていたからだ。

『なんで？　……なんでそんなこと、言うの……？　……あたし、ずっと研究頑張ってきたんだよ？　そんなの、未桜ちゃんが一番知ってるでしょ。未桜ちゃんにはずっと手伝ってもらってもきたじゃない……。いっぱい、相談、乗ってくれてたじゃない。ほら、イタリアのバイア海底遺跡の国立公園化についてとか、……未桜ちゃんに資料探しを手伝ってもらったでしょ？』

『……は？』

『ラテン語系の文法とかわけわかんないって、二人して愚痴言いながら翻訳したじゃん。……もしかして覚えてないの？』

（違う……）

上目遣いに問われて言葉を失ったのは、話の内容が記憶になかったからではない。

もちろん覚えている。ただし、──立場は真逆で、だ。

（資料探しの手伝いを持ちかけてきたのは麗子だったけど、十分も経たずに途中で飽きていなくなっちゃったし、イタリア語の翻訳は二人でやったんじゃなくて、私がやっているのをただ隣で見ていて『わけわかんないね』って笑ってただけ……）

なぜそれを、平然と、全部自分でやったと言い張れるのだろう。そして、何をどうやったら「自分の研究を未桜が手伝った」という話になるのだ。しかも、今は人気のない廊下で話している。別に本音を言ったところで、誰に聞かれるわけでもないのに。

『教授だって、絶対、これならいい内容になるって言ってくれたし。今日のフロアの反応も上々だったし。なのに、どうして？　あたし、……未桜ちゃんが頑張った時は、いつだって一番にお祝いしてきたつもりだった。未桜ちゃんはあたしの成功を喜んでくれないの？』

あまりのことに声が出なかった。

傷ついたように目にいっぱいの涙を溜《た》める麗子が。綺麗《きれい》に整えられた爪の先で、しおらしく目尻《めじり》を拭《ぬぐ》うその姿が──どう考えても、心の底からそう考えて言っているようにしか見えなかったからだ。

これで、「あんたの研究結果を盗んでやったわ」「そんなに大事な資料なら、鍵もかけずに不用心にしてたのがいけないのよ」なりなんなり、それらしいセリフが出てきたらまだ良かった。

（麗子は……この子は、当たり前に思ってるんだ。なんの疑いもなく信じ込んでるんだ。今まで全部、自分の力で研究をしてきて、それを順当に発表しているだけなんだって、本気で、そんなふうに）

あたし、未桜ちゃんみたいになりたいんだぁ。

不意に、麗子の甲高い笑い声と共に、いつか言われた言葉が脳裏に反響し――ここにきてやっと、未桜は麗子の正体を見た。

彼女は、いわば無自覚なカッコウの雛《ひな》なのだ。

きっとずっと、こうやって生きてきたのだろう。「なりたいもの」に一番近いところにいる獲物を巧妙に見つけ、寄り添うふりをして、いつの間にか全部奪って成り代わる。そして麗子の中では、その過程はすべて「なかったこと」にされる。何もかも最初から自分でやったように、すっかり己の記憶をも改竄《かいざん》してしまう。

相手のものを掠《かす》め取るために弄《ろう》した手段が、どんなに姑息《こそく》で、周到で、計算高いものだったとしても。利益を手にした途端、麗子にとっては相手の歩んできた道筋ごと、すべて「もとからあたしのもの」になるのだ。

『……』

——ゾッとした。

絶句するしかない未桜に、麗子はますます勢いづき、『ひどい、未桜ちゃん。あたしたち親友だと思ってたのに』と大声を上げた。

『まさか、あたしの研究に嫉妬《しっと》して、自分のものだって横取りしようとするなんて……あたし、未桜ちゃんだけにはあたしのこと認めてほしかったのに！　未桜ちゃんがそんな卑怯《ひきょう》な人だなんて思わなかった！』

これは誰だ。いや、「何」だ。頼むから、人間の言葉で喋《しゃべ》ってくれ。

とうとう湿った声を荒らげ、その場でワッと泣き出した麗子を前に、未桜は呆然と立ち尽くしていた。


——結論から言うと、味方してくれる者はまったくおらず、学部時代も入れれば十年を費やした未桜の研究は、そっくり全部麗子のものになった。

なにせ、麗子の他に、研究過程を共有している友人もおらず。教授の勧めで——それこそ成果を誰かに騙《だま》し取られないようにとの触れ込みで——ごく閉じられた環境でしか情報を開示してこなかったのが災いした。

未桜は博士課程を、単位取得退学している。論文は出さなかった。出せなかったのだ。当然である。出せるものが何もない。

学部に入ったのも院に進学したのも、全部この研究に打ち込むためだった。それが失われてしまった今、できることなどないし、新しいテーマを見つける気力ももう残っていなかった。同じくらい、また横取りされたら、という恐怖もあった。

教授から斡旋《あっせん》を示唆されていた博物館学芸員の仕事もあったが、当然のことながら辞退せざるを得ず。おまけにちゃっかり、麗子は同じ教授の推薦で、別の国立大学の常勤講師の座を獲得していた。

失意のうちに大学を去った未桜だが、三十を目前にした博士課程の、それも女性を、新卒枠として雇ってくれる企業などない。至難を極める就職活動の果てに、どうにかもぎ取ったのがこの仕事だ。決して好きではないが、ここを辞めたら後がない。

あんなに大好きだったはずの考古学の学術誌や研究書を読んでも、自分の代わりにのうのうと講師の座を得て活躍している元親友の影がちらついて苦しい。また、将来に期待して博士課程まで学費を出してくれた両親にも申し訳ない。

そして、さらに不幸なことに、――麗子のものになった研究は、ちょうどその時に考古学系の邦画作品が流行したことが手伝い、たちまち脚光を浴びることとなった。

『今注目の、我が国の水中考古学における第一人者。R大学の美人講師、山中麗子先生にお越しいただきました！』

テレビでもラジオでも。つけていたらふとした瞬間に、その名前が目に、耳に入ってくる。

そこであの女は、いつでもキラキラした笑顔で、ばっちりと決めたメイクと服で、カメラに向かって微笑んでいる。

『山中先生が、この研究を始められたきっかけはなんですか？』

『うふふ、実は……タイタニックの映画なんです！　深海の冷たい水に守られて、あの有名な沈没船が、信じられないくらい綺麗な状態で今に残されているんだって。冒頭のシーンで感動しちゃって。我ながら影響されやすいなって、恥ずかしいんですけど……』

コメンテーターに質問され、得意げに語る顔が。その華やかさが、網膜に焼き付く。

『日本では、水中考古学ってまだまだポピュラーじゃないんですよ。資料を集めるのも調査をするのも難しくて、だからいばらの道って言われてて。それを知った時、ワクワクしたんです。……まだまだ発展の余地がある、これからの学問だってことなんだから。今、最前線で頑張っている人たちの助けに、どうやったらなれるだろう。自分にできることを探すのは、きっと、すごく楽しい、って！』

考古学者を目指した理由すらも、未桜から掠め取ったもので。いけしゃあしゃあと言ってのけ、つややかにグロスを引いた唇の端を吊《つ》り上げる麗子に。未桜は、ただただもう、虚無の眼差《まなざ》しを向けるしかなかった。

（あーあ……うまくいかないもんだなあ）

ここに至るまでの己の半生を思い出し、あまりの呪われっぷりに、いっそ笑いそうになる。前世で何かやらかしたのかもしれない。それにしたって、今世でここまでの目に遭わされて平気なわけではない。

疲れていた。とにかく、ヘトヘトに疲れて、もう立ち止まってしまいたかった。

(いい加減、考えるのをやめてしまいたい……)

先ほど窓から眺めていた人々の群れに己も交じって歩きつつ、未桜はため息をつく。

(考えても仕方ないのに。……本当はこんなところで、こんな仕事をしているはずじゃなかった、なんて)

どこで間違えたんだろう。麗子に会ったところだろうか。それとも、大学院に進学した時だろうか。

最初から下手に過分な夢なんて持たず、どんな人生でも構わない、間違っても考古学者になりたいなんて思っていなかったら、こんなに苦しくなかったのだろうか。

(世界から消えてしまいたい)

歩きながら時計を見る。クライアントとの待ち合わせまで五分。

今日会うのは、学部生時代の同級生だ。数少ない、友人と呼べる相手を呼び出して、生命保険の商品の話をする。久しぶり、と笑顔を向けてくれていた相手が、だんだん胡《う》乱《ろん》な眼差しになり、最後は荒っぽく席を立つ瞬間を、もう何度繰り返しただろう。ひょっとしたら、それはそれで「いい仕事」なのかもしれない。こなすのが自分でなければ。

(死んでしまいたいなあ。誰か車、こっちに突っ込んでくれないかな。あ、ダメか。そしたら、今度はその人の人生がめちゃくちゃになるもんなあ……)

結局、何者にもなれはしない。どこにも行けない。満足に将来のことを考える前に、毎日を生きるので精一杯になって、日常に溺《おぼ》れて。でも、仕方ないだろうか。

——なぜならこの人生は、どこまでも悪循環だけで構成されているのだから。

＊

「ただいまぁ……」

駅から徒歩二十分、狭い安普請の賃貸アパートの部屋に帰りつき、未桜は誰にいうともなく呟《つぶや》いた。

待つ人もない部屋に向けて挨拶《あいさつ》したところで、返事など返ってくるはずもない。コンビニで買ったチルドのラーメンと強度数の缶《かん》チューハイの入ったビニールバッグを玄関に放り出し、未桜は三和土《たたき》に腰を下ろしてパンプスを脱いだ。

(あ。この靴、ヒールがだいぶ潰《つぶ》れてきた。そろそろ修理に出さないと……やだな)

踵《かかと》から縮れた黒いゴムの切れ端が覗《のぞ》いているのを見て、顔を顰《しか》める。

(正直、ちょっと痛い)

靴の修理費は、なかなかばかにならない出費になるのだ。挨拶回りや契約取り付けのために、頻繁に足を使う仕事なので、特にすり減るのが早い。

顔を顰めて鍵《かぎ》をかけ、肌色のストッキングも玄関で早々に脱いでしまうと、手にぶら下げて洗面所に向かう。脱いだジャケットとスカートを雑にハンガーにかけ、汗を吸ったシャツブラウスや下着もまとめて洗濯機にポイポイと放り込む。部屋着にしている、洗いすぎて色褪《いろあ》せた黒Tシャツにショーツ一枚のだらしない格好のまま、手を洗ってうがいをした。

家に帰ってから改めてレンジを使う気力すら残っていないので、弁当類は汁物であってもコンビニで温めてもらうのが常だ。袋の中で僅《わず》かに汁漏れしていて、ただでさえ低空飛行の気分が更に落ちる。道中でほとんど冷えて伸び切ってしまったそれをローテーブルに置き、未桜はどかっとラグに座り込むと、なけなしのやる気を絞って取り出したスマホを充電スタンドに置いた。

画面を指先でちょいちょいとタップして呼び出したのは、青い鳥がトレードマークの短文SNSだ。アカウント名は〝ロバ〟の二文字。

（王様の耳は、ロバの耳）

狭い部屋に、プシュッと缶チューハイのプルタブを引く音、ラーメンを啜《すす》るずるずるという音だけが満ちる。自分のアカウント名の由来を脳内で読み上げ、未桜はふっと自《じ》嘲《ちょう》を込めて口元を緩めた。「王様の耳はロバの耳である」――そんな誰にも言えない秘密を、王様の従者が穴を掘ってこっそり打ち明ける、あの有名な童話だ。

フォロワーが限りなく少ない、病みがちなアカウント。この短文用と、動画系の某大手アプリが、今未桜が主に使っているSNSである。

（と言っても、いい加減もう書くことも無くなってきたくらい、なんだけど）

ハハッと軽く笑って、指先を画面に滑らせる。

「……『今日もまた同じことの繰り返し、そろそろ飽きました』……っと」

最初の頃は、「RY」とイニシャルだけ出して、特定は避けるように注意しながら麗子のことも綴《つづ》っていた。しかし、このところそれすらしていない。ネットの海に不確かな情報をそっと流したところで、誰も彼もあまりにも無反応だったから。

「……『なんかもうほんと生きるの疲れた、どうでもいい』……っと」

（本当は）

悪循環は、同じ高さで螺旋《らせん》を描くだけでは飽き足らず、少しずつ下降している気すらする。

明日《あした》は今日より悪くなることはあっても、よくなることはない。そんなことまでつぶやいてしまうと、いよいよ自分がどうしようもない生き物になった気がして、書けないけれど。

「さて……」

短文の方に定型文と化した愚痴を殴り書き、今度は動画系SNSにウィンドウを切り替える。少し、気持ちが浮き立った。なぜなら。

（あ、ラッキー……今ちょうど新しいのが上がったところだ！）

チャンネル登録もしているが、短文SNSでもフォローしているアカウントが連動して新作アップをお知らせしてくれるので、見つけるのは早い。

末桜は、今度は少しだけ軽やかな気持ちで、三角の再生マークを押してみる。自動的にスマホの画面の大きさに合わせて拡大されたウィンドウいっぱいに、見慣れた顔が映し出された。

『はいっ、みなさん今日も動画をご覧いただきありがとうございます！　料理好きの男子大学生こと、シュンでっす！』

清潔に切られた、染めた形跡のない、栗色の髪。琥珀《こはく》色に近い茶の瞳《ひとみ》。アイドルグループに所属していてもおかしくない整った顔立ちに、暗褐色のカジュアルシャツの上から黒いエプロンを身につけた細身の体、少し高めの快活な声。

(今日もいい笑顔だなあ、シュンくん。何の料理作るんだろ……)

このところハマっているそのチャンネルを再生しながら、末桜は目を細め、ローテーブルに頰杖《ほおづえ》をついた。

今の末桜にとって、唯一の癒《いや》しと言っていいのが、この「料理好きの男子大学生」アカウントを追いかけることだった。見つけたのは、今から大体二ヶ月くらい前のことだったか。

(この番組、なんで見始めたんだっけ……そうだ、もともと食費を浮かせるために自炊をしなきゃと思って。料理するの久しぶりだし何か参考になりそうなもの探してたら、偶然ロバの方のおすすめユーザーに出てきて、それで動画URLが貼ってあったから、なんとなく見始めて……思いがけず沼っちゃったんだったかな……)

基本的には「料理好きの男子大学生」というアカウント名を名乗っているが、途中から「名前はシュンです」と普通に話していたので、多分本名だ。年齢や身分もよく覚えている。アカウント名通りの現役大学生で、ちょうど二十歳だと話していた。それにしてもこんな万人向けのネット動画で本名や年齢をバラすなんて、素直な子だな、と未桜はいささか心配にもなったものだ。これだけ快活なイケメンくんだし、モテるだろうから、ヘタをすると身元を探られて情報を晒《さら》されたり、ストーカーにでも遭いやしないだろうかと。

彼のレシピは分かりやすくて勉強になる割に、短文SNSでのフォロワー数も二千人程度とそんなにたくさんはいない。料理についてわからないことがあって質問すると、短文SNSの方ではダイレクトメッセージやコメントもまめに返してくれたりする。なかなか手厚くて、そこがまた「話せるアイドル」のようで、楽しい。

——けれどテーブルの上で所在無げにしている食べかけのラーメンを見て分かる通り、未桜自身は最近、ちっとも料理などできていなかった。

『今日作っていくのはですねー、〝自家製チャーシュー！〟です！　僕チャーシュー大好きで、ラーメン屋さん行くとチャーシュー麺《めん》ばっかり頼んじゃうんですよ。いっそ別盛りでチャーシューだけ欲しいくらいで。ここはもう自分で作るしかない、チャーシューのチャーシューによるチャーシューのための究極のチャーシューを！　って決心して……あれ、何回言ったんだろチャーシュー』

声音はどこまでも明るいのに、決して速すぎず、心地よいテンポで。滑らかにトークを打ち出しながら材料を並べる作業をしていた彼は、ふと顔を上げて前方のカメラを見上げた。へらっと笑って『僕、チャーシュー何回言ってました？　あ、十回？　今の入れて十一回？　……え？　チャーシューによる、はおかしい？　あはは、ほんとですね、はい十二回』と軽口を叩《たた》いていたので、おそらく動画撮影担当の人に向けてだろう。よほど打ち解けた間柄なのか、気の抜けた笑みは無邪気さがいっそう増し、幼さの残る顔立ちを魅力的に見せていた。

（そうそう。シュンくん、肉料理が得意なんだよね。もうほとんど肉料理チャンネルと化してるし）

――えーっと、ヘルシーで罪悪感なく食べられる野菜料理も、とっても素晴らしいんですけど。僕は育ち盛り……って言うのはさすがに厚かましいとしても、この間まで育ち盛りだったんで。お肉大好きです！　とにかく肉、食いたいので！　僕のチャンネルはひたすら肉料理で行きます！　ってことで一つよろしくお願いします！

記念すべき番組第一回で、冒頭からしてこれだった。彼の動画は、今上がっているものはほとんど漁《あさ》ってきた未桜だが、その清々《すがすが》しい開き直りっぷりがツボにハマってしまい、追い続ける一因にもなったのだ。

(スタジオは同じところっぽいけど、撮影とか編集とか最初はいかにも素人！　って感じだったのが、ここんとこはすごく綺麗《きれい》に整ってきて見やすくなったんだよね。トークも面白いし、他の料理研究家の動画みたいに、もっと人気が出てもおかしくないのに。スタートダッシュのせいかな、惜しいなあ)

お決まりのスタジオになっているのは、真っ白い作業台のある、明るく広々とした綺麗なシステムキッチンだ。果たしてレンタルスタジオの一種なのか、彼の自宅なのかはわからないが、もし自宅だとしたら、相当お金持ちのお家《うち》の子なのでは……などと邪推してしまう。高級なタワーマンションか、こだわりのある豪邸の一軒家か……そんな感じの雰囲気の、とにかく上品で清潔な「きちんとした」キッチンなのだ。

奥には調味料の戸棚や冷蔵庫などが見えており、皿や道具類は画面からは見えないところにしまってあるのか、動画途中で説明を挟みながら何やらゴソゴソとしている時がある。

(このスタジオ、どこにあるんだろう。意外に近かったりして……)

未桜は画面を見つめながらしばし物思いに耽《ふけ》った。そうこうするうち、彼の手はどんどん作業を進めていく。いけない、ぼんやりしていたから、ちょっと見逃したかもしれない。後でもう一度再生しなければ。

『チャーシューって、僕とろとろのやつが好きなんで、今日作るのはそっち系です。だから使うのは、脂身が多いバラとかロースとかがおすすめ。モモやヒレだと……パサッとするかも。ディスったわけじゃないですよ！　単にレシピ上の話です！』

自らの失言にちょっと慌てたふうを装いながら、彼がカメラに示したのは、五百グラムほどの豚ロースの塊だ。脂身が綺麗に入り、豚肉にしては少し濃い目のピンク色をしていて、きっと新鮮でいいものなんだろうな、と未桜は当たりをつけた。『出来上がりの形にこだわりたい人は、先にお肉をタコ糸で縛ってくださいね。僕は食べられたらいい派なので、そのままいっちゃいます！』とシュンは前置きする。

ついで、ガラス皿や金属製のバットの上に並べられた、他の材料や調味料が次々に紹介されていく。白ネギの青い部分が十センチほどと、生姜《しょうが》を二片、ニンニクのすりおろし少々。それから味噌《みそ》大さじ一杯、醬油《しょうゆ》、蜂蜜《はちみつ》または砂糖、料理酒が各大さじ二杯ずつ。ごま油を小さじ一。それから、水。

『分厚いお肉って、柔らかくなるまで煮込むの大変じゃないですか。なので今回は、時短の魔法道具を使うことにしました。じゃん！　圧力鍋《なべ》……は、ご家庭にない方も多いと思うので。ご存じ、炊飯器です！』

（炊飯器？　を、コメを炊く以外に使うの？）

未桜は思わず首をかしげる。さっき気が散りかけたのが嘘のように、もうすっかり動画に夢中だ。

彼が取り出したのは、某メーカーの、ごくごくシンプルな炊飯器である。そう、どこからどう見ても炊飯器だ。とてもではないが、塊肉を調理する道具には見えない。

『僕ね、ほんっと炊飯器って大好きなんですよ。特にこいつは、もはや相棒と言っても過言ではないレベルです。最近のやつって、ナントカ炊き？　とか凝った機能がついてますけど、僕のイチオシは昔ながらの単純なやつ。そう、個人的な意見ですが、炊飯器は断然バカな子がいいんです！』

愛《いと》おしそうに炊飯器の白い表面をつるりと撫《な》でつつ、シュンはニコニコ笑って続ける。

『かしこい炊飯器は、コメ以外入れるとエラー出たりしますけど。こいつはその点いいですよ。口ん中のモンなんでも大人しく炊いてくれるんで。もし皆さんのお宅の炊飯器がかしこい子で、やめろって騒ぎ始めたらこのレシピはいったんストップです。普通に壊れます。あ、もしそうなった時は、鍋とか圧力鍋で代用するレシピ、後で上げるので。そっち参考にしてくださいね！』

ひとしきり炊飯器について語ったのち、彼は「まずは下準備！」と手を叩くと、小さなガラス製ボウルにゴムべらで指定の調味料をあけていき、丁寧に練り混ぜる。続けて、ごま油を引いたフライパンで、すりおろしニンニクと刻み生姜、みじん切りにした青ネギをさっと炒《いた》めた。香味野菜がしんなりしたところで取り出して先ほどの調味料に混ぜ、

『香りをそのまま移したいので』と同じ鍋で、肉を表面だけ焼き付ける。

『で、軽く脂を拭《ふ》いたお肉を、炊飯器の底に置きます。この時点で割と美味《おい》しそうなんですけど。豚肉はまだ中がぜんっぜんレアどころか単なるナマなので、つまみ食いは控えてもらってですね！　……ちょ、だめですって。言ったそばからもー』

撮影者が手を伸ばそうとしたのか、彼は少し焦った調子でカメラに向けて「止めて」のジェスチャーをする。それから、眉尻《まゆじり》を下げてすぐ次の作業に移った。

『塊肉に、合わせた調味料を回しかけて、お水をひたひたに注ぎます。したら、アルミホイルかクッキングシートでぴっちり落とし蓋《ぶた》を……この落とし蓋、うっかり忘れると蒸気口からすんごい湯気と熱湯が噴き出してきます。まじやばいです。断末魔かよ、みたいにブッシュブシュ猛抗議食らうんで。ぜひ気をつけてください』

「ふふ、何それ」

思わずクスッと笑いがこぼれ、未桜は口を押さえた。うっかり独り言まで。

『んで、いよいよピッ！　と押す前に、ワンポイント。設定は早炊きにしてください。通常モードだと、お米に吸水させる時間が入っちゃうんですよ。無駄は省いて早く肉にありつきましょう。……はい押した！　後は、ほったらかしで炊飯器が呼んでくれるのを待つばかり、と』

画面映えさせるためか、やけに大袈裟《おおげさ》な仕草でスイッチを押すと、動画が急に倍速送りになり、暇そうに過ごしているシュンが映る。彼が忙《せわ》しなくあちこち歩き回り、腕組みをして待ちきれないように炊飯器を覗《のぞ》き込んだり、無駄にスクワットをして時間を潰《つぶ》している様子が出てきて、未桜はまた笑った。なんとも飽きさせない。

再び動画が等速になると、ピーッと電子音が響く。調理が終わったようだ。彼が炊飯器の蓋を開けると、ムワッと立ち上った蒸気がはけた後に、ホイルの落とし蓋が現れる。

『今、めちゃくちゃいい匂いしてます。今すぐ食べたいくらいだけど、残念！　まだです。ここで一度、グッと堪《こら》えてお肉をひっくり返します。それから、保温モードでじっくり二時間。そうすることでお肉がびっくりするほど柔らかくなって、味も染みるので。出来上がりのお楽しみをとっておくために、中身はまだ内緒です』

　ホイルの下は、映される前にモザイクがかけられてしまう。マル秘マークで隠すのがセオリーな気はするのだが、よりによってモザイク処理にするあたり、なかなかに愉快なセンスだ。

『さて、うまくできているでしょうか！』

やがて画面が切り替わり、二時間後、というテロップが表示された。シュンがワクワクした様子で炊飯器に近づき、もう一度蓋を開ける。そして、寄りになったカメラが映し出したのは、なんとも美味しそうな艶々《つやつや》の塊肉だった。

　脂と調味料のおかげか、表面が飴色《あめいろ》の宝石よろしく照り映えている。まるで画面のこちら側にまで香りが漂ってきそうなそれに、未桜は思わず生唾《なまつば》を飲み込んでいた。

『全体にタレを絡めましてー。じゃ、切ってみますね』

　シリコン素材のトングで取り出した肉を、シュンは木製のまな板にのせ、包丁を入れる。すると断面からも湯気が上がり、ほろほろに繊維の崩れた、なんとも柔らかそうな肉が現れた。肉にズームが入ると、程よく脂が乗っていたらしく、透明のプルッとしたゼラチン質の部分も見える。

（うわあ……美味しそう……！）

未桜は思わず、出来立てのチャーシューに見入った。本当に目の前にあるみたいだ。むしろ目の前に欲しい。さっきろくに味わいもせずに食べた、あるかないかもわからない小さなチャーシューの切れ端が載ったコンビニラーメンが、急に味気ないものに感じられてきた。どこかの有名店の監修とかで、割と高かったのに。

『ここは分厚く切りたい、分厚く。そう思いません？　もう、おうちご飯の時くらいは欲望に素直に生きたい。ラーメン屋さんではやってくれない、限界の厚みに挑戦したい、的な？』

歌うように自家製チャーシューへの意気込みを語りつつ、切った肉を大きなお皿に盛り付けると、彼は仕上げに釜《かま》に残ったタレをスプーンでひと回しした。

『自家製チャーシュー、完成！　です！　あー……これ本末転倒だけど、ラーメン食べたくなるなぁ。むしろ炊き立てのご飯がほしい。炊飯器は使っちゃったし……一緒に炊けないのが難点っちゃそうですね。ちなみに煮汁に漬けたゆで卵だったり、刻み三つ葉とか添えてもおすすめ。後は、白ネギ。青い部分は使ったけど、残った部分で作った白髪ネギは鉄板ですね』

カメラはシュンからメインの撮影対象へと切り替わり、皿の上の肉をいろいろな角度から映し続けている。

『実食タイムです！』

そのうち一切れを箸《はし》でつまみ、――あ、と未桜が思った時には、シュンは口に放り込んだ。

もぐもぐ、とじっくり肉の味を噛《か》み締めるように咀嚼《そしゃく》した後、嬉《うれ》しそうに表情を綻《ほころ》ばせる。ゴクン。少年めいた容姿に似合わずそこだけ青年らしい喉仏《のどぼとけ》が上下し、奥へと飲み下す。明るく健全な番組の様子に不釣り合いなほどの色気を感じさせるその様子に、未桜は思わず見入った。

（って、うわ。何ガン見してんだろ私……むしろ目のやり場に困る感じじゃない）

誰もいないのに妙に気恥ずかしくなり、耳が熱くなる。そうこうするうち、番組は締めくくりに入っていた。

『今日もご覧いただきありがとうございました！　この番組は、料理好きの男子大学生がとっておきの簡単時短レシピを紹介していく動画です。気に入ったらチャンネル登録、どうぞよろしくお願いします！』

またね、とひらひら手を振って、お決まりになった締めくくりの音楽が流れる。そして、エンディングのロゴと共に、彼は画面からふっつりと消えた。「この動画を観た人へのおすすめ」を示すサムネイルが三つほど浮かび上がり、今日のアップ分は終了したことがわかる。

「終わっちゃった……」

また独り言を呟《つぶや》いてしまい、未桜はため息をついた。

(今日もとても美味しそうでした、ありがとうございます。これからもう一回見返します……っと)

短文SNSアカウントから、今日の動画へのリンクを貼った投稿にコメントを送りながら、「元気が出ました」とも続けて打ち込もうとした未桜は、そこで指を止めた。

(元気は……どうかな)

コンビニのラーメンも、伸び切って冷めてはいたが、それはそれで美味しかったはずなのに。チャーシューも入っていたはずなのに。

「なんかお腹すいた。……チャーシュー食べたいなあ」

食べたばかりだけに、ぐうとも鳴らない腹を押さえながら、未桜は苦笑した。

心は満たされたようで、満たされない。

「……食べてみたいなあ」

あのチャーシュー。それから、過去に彼が作っていたさまざまな料理。

(何があったっけ……この前がビーフストロガノフ、その前がタケノコの代わりにじゃがいもを使った変わりチンジャオロースーで。牛肉の、野菜たっぷりプルコギの時もあったっけ……)

最近グッと減退した食欲だが、この番組を見始めてから、少しだけ戻ってきた気がする。けれど、それで何か食べようと思って外に出たりなどすると、たちまちに先ほどまでの勢いは消えうせ、結局は何を食べたいのか、そもそも何かを食べたいのか自体、分からなくなってしまうのだ。さっきまであんなに「食べたかった」はずなのに、と首を傾げながら近所のコンビニの中を意味もなく一周し、家に戻る羽目になる。

（料理。……料理かあ。……自分で作るために見始めたのに、まだ一度も作れてないもんなあ。一つでもシュンくんのレシピ通りに料理を作ってみたりしたら、私の生活も、何かが変わるのかな）

『みなさんもぜひ試してみてくださいね！』

シュンは動画の終わりが近くなると、必ずそう言って締めくくる。そして、こちらに向けて手を振りながらニカッと破顔するのだ。まるでお日様のように底抜けに明るく邪気のない、料理も動画撮影も楽しくてたまらない、そんな様子で。

キラキラした琥珀《こはく》色の眼を見つめていると、未桜の胸の奥からは、いわく言い難い、なんとも不可思議な感情が湧いてくる。どちらかというと、ほろ苦く、切ないそれ。

（この子、二十歳かぁ。私、……私が二十歳の時はどんな感じだったかなぁ。学部の研究室に入ったばかりで、まだまだこれからって、夢と希望に溢《あふ》れてたっけな）

料理なんて久しくしていない。高校くらいまではお菓子作りが趣味の一つだったけれど、もう遠い昔の話だ。彼の動画も、料理をしてみようという呼び水にするはずが、実行に移す前に意気が消沈してしまうのだった。ただ変わらぬ日々をやり過ごすことだけに必死になって……。

「はあ……」

己のいたわり方がわからない。メールや手紙の文末では「ご自愛ください」なんて気軽に言いあうけれど、そのご自愛にだって、気力がいるのだから。

幾度目かになるため息は、ラーメンの匂いだけが僅《わず》かに残る、誰もいない部屋にわびしく消えていった。

*

誰かが作ったご飯が食べたい。

誰かのために作られたコンビニのできあいではなく、誰でもいいから席につけば出してもらえる外食でもなく。自分のためだけに誰かが特別に作ってくれた、美味《おい》しいものが食べたい。

（そして今日もまた、同じことの繰り返し……）

螺旋《らせん》をぐるぐる回るのにも、そろそろ燃料が尽きてきた。「料理好きの男子大学生」シュンの動画を見た後は多少回復するが、所詮《しょせん》は一時的なカンフル剤でしかない。朝から満員の通勤電車に揺られた後は、灰色の町並みを足早に抜け、勤め先の生命保険会社への通い慣れた道を急ぐ。目前に聳《そび》える巨大なビルをあらためて見上げ、未桜はふうっと息を吐いて自動ドアをくぐった。

この世に、会社に行くのが楽しい人間というのは存在するのだろうか。そういえば旧約聖書にいわく、「労働は神から与えられた罰なのだ」と聞いたことがある。アダムとイブがうっかりと蛇に唆《そそのか》されてリンゴを食べてしまったから、男には労働が、女には妊娠と出産の苦役が与えられたとか。では、労働と妊娠出産の二重苦を負わされた多くの現代女性は、そろって一体どんな恐ろしい罪を犯したと言うのだろうか。神様ちょっと出てきて説明してください。

(はー……)

くだらないことを考えずとも、朝は来るし出勤時刻も訪れる。なんにせよ憂鬱《ゆううつ》な一日の始まりだ。

(今日は午後まではどこのアポも入ってないから……午前中は、メールチェックだけして、あとは総務関係の雑務を色々したらいいはず。確か、今月の契約数ノルマはほとんど達成しているはずだし)

予定を頭の中で組み立てながらエントランスを進む。気鬱《きうつ》は気鬱だが、張り替えたばかりの靴の踵《かかと》が、硬い大理石の床を踏む感触だけは気持ちがいい。それなりの出費を思い出すと苦い思いもするけれど、こうやって履いてみると気持ちが切り替わってなかなかいいものだ……。

ぼんやりと考えごとに耽《ふけ》りながらエレベーターに詰め込まれ、すっかり親しんだオフィス階で降りたところで、エレベーターホールにやたらと同僚たちが押しかけているのに気がついた。

（――なんだろ？）

昨今のトレンドに従い、この会社でも基本的に、イントラネット上のメッセージツールで各種通知が行われることが多い。が、大事なお知らせだけはわざわざ紙に印刷して、古風にこうして公共の場に貼り出される。

なんとはなしに嫌な予感がする。まずは更衣室に行って制服に着替えなければ……と頭の隅で思いつつ、気になってすぐに去る気になれない。

ちなみに、他はどうだか知らないが、この生命保険会社では、二年超えの社員は古株にあたり、中でも未桜はかなり若い部類だ。特に保険商品の販売員は、未桜のようなごく一部を除き、五十手前くらいの女性が家計の足しにと勤める場合が多い。彼女たちはデジタルツールの扱いが苦手で、お知らせがアナログな貼り出し形式を併用しているのもそれが理由だ。子供が大きくなって巣立っていったという人も多く、未桜は割と可愛がってもらえていた。

そんな同僚の一人が、エレベーターホールにぼんやりと立って人混みを眺める未桜に気づき、あっと声を上げた。

「ちょっと未桜ちゃん、今きたとこ!?　掲示見てないよね!?」

「……け、掲示……ですか？」

もちろん見ていない。困惑しつつ首肯を返す未桜に、声をかけてきた中年の女性同僚は、ふっくらした頰に丸い指を当てた。

「ちょっと困ったことになってるのよぉ。上も勝手よね、一方的に、こんな……」

彼女に示されるままエントランスの壁にある掲示を見て、――その内容に、未桜は目を見開いた。

＊

（どうしよう……）

朝見た「お知らせ」が気になって、未桜の午前中は、ろくに業務に集中できないまま終わってしまった。

（正社員を続けるための、年間ノルマ数を急に増やすなんて……！）

この会社では、生命保険に加入してくれる契約者数に一ヶ月ごとに目標ノルマがあり、さらに、一年間ごとに達成しなければならない必須《ひっす》ノルマも定められている。

特に、年間ノルマに未達の場合は、翌年に正社員資格を繰り越せず、契約や派遣よろしく「切られて」しまうのだ。最初に規約を見たときに、こっそり紛れ込まされていたその一文に気づけないまま入社した、未桜のような社員は多い。もちろん気づいたところで断れるわけではないので、どうしようもないのだが。

しかし、周囲にいる「契約してくれそうな心当たり」を全部しらみ潰《つぶ》しに当たって、未桜はどうにか資格を継続してきた。それは、一年間のノルマがギリギリどうにかできそうな数だったからだ。

（それを、今年からノルマ二倍……？　期限まで、もう一年どころか半年もないのに）

嫌気がさしたからもうこんな会社は辞める、とぼやく同僚たちも多かった。しかし、彼女たちの大半は、パート感覚の年配女性で、彼女たちは家に帰ればきちんと大黒柱の伴侶《はんりょ》がいる。即座に路頭に迷ったり、食うに困る人はいない。気軽にその一言が言えることが、未桜にとっては羨《うらや》ましかった。

（まだ声かけてない知り合い、いたっけ。いや、それより今のうちに転職先……でももう私、こんな年齢だし。ろくになんの資格も持ってないし、社会人経験も浅い。転職なんかできる……？　もしどこにも行けなかったら、実家に……どんな顔して、帰ればいい？）

大学院を博士課程まで出してもらっておきながら、なんの成果も上げられずにまったく関係のない仕事をしていることが、情けなくて、両親に申し訳なくて。就職してからの未桜は、実家にろくに帰らずにいる。彼らが心配してかけてくる電話も、仕事を言い訳にしたり居留守や仮病を使って、出ないでばかりいた。いい年をした娘が、働き口も失って、今更、どの面下げて助けてくれと転がり込めるものか。

（どうしよう、どうしよう）

ぐるぐると迷いつつ、忙《せわ》しなくパソコンの前から立ったり座ったりしながら時間を過ごし。午後からのクライアントとの約束を控え、未桜は頭を抱えた。

そして、悪いことというのは重なるもので——今日の午後の結果もまた、惨憺《さんたん》たるものだった。というのも、契約斡旋《あっせん》のために定期的に訪問させてもらっている取引先の会社で、同行した販売員がとある部署の課長の不興を買ってしまったらしく、コンサルの途中で訪問チームごと会社を追い出されてしまったのだ。トラブルの詳細は聞いていないが、要因となった年配の女性同僚の表情は鬱々としたもので、おそらく彼女も同じ掲示を見て、とにかくノルマを上げなければという焦りがあったのだろうと未桜はあたりをつける。詳しい話を聞いてどうにかできるものでもなかった。

(――今日は厄日かなあ。それとも)

悪循環の輪は、やっぱり少しずつ下降しているという証拠だろうか。なんて。

会社に戻って制服から私服に着替えたはずなのだが、ほとんど記憶がない。ぼんやりしつつ道を歩いていたら、見知らぬ初老男性に肩がぶつかったらしく、すれ違いざまに何か叫ばれた。言葉遣いと口調が汚すぎて何を言っているのかは聞き取れなかったが、暗澹《あんたん》たる気持ちにとどめを刺される。

(もう今日はだめだ。帰って寝よ)

新しく張り替えた靴底の魔法なんて、とっくに切れてしまった。街路樹を空《うつ》ろな眼差《まなざ》しで一瞥《いちべつ》した後、肺の底から空気を根こそぎ掻《か》き出すようなため息をつき、未桜はノロノロと足を進めた。

その時だった。

「……未桜ちゃん?」

どこかで聞いたような――高く甘ったるい声が耳朶《じだ》を打ち、未桜は踏み出しかけた一歩を出しあぐねた。一拍おいて、ざわ、と心臓を毛羽だったハタキで撫《な》でられたような不快感が襲ってくる。

（……まさか）

振り向くな、という脳の命令と裏腹に、反射的に目は後ろを見てしまう。そして、あやっぱりと後悔した。

そこに立っていたのは、サラサラの黒髪を肩に流し、ピンクブラウンのマドラスチェック柄ワンピースを身に纏《まと》った、同じ年頃の女性だ。記憶の中とほとんど変わらず、ナチュラルメイクの愛らしい顔立ちをしている。それはそうだろう、会わなくなってから、たった二年しか経っていないのだから。

「……れ、……麗子……？」

喉《のど》が渇いて、カサカサと不快な声が喉を滑っていった。反応するのではなかった、気づかなかったふりをすればよかったのに。後から気づくが遅い。

しかし、未桜の様子などお構いなしに、プルリとした健康的なピンク色の唇を綻《ほころ》ばせ、呼ばれた方はぱあっと笑み崩れる。パンと合わされた手の白い指先では、ジェルネイルを施された爪が桜色に輝いていた。

「やっぱりぃ！　未桜ちゃんだぁ！　さっきそこのビルから出てきた時、そうじゃないかと思ったんだよぉ」

「……」

よりによって。叶《かな》うなら、こいつの葬式の遺影以外では顔も見たくないなと思っていた相手に。こんな時に。

ボサボサの髪を引っ詰め、彼女にファッションのいろはを教わる前のような、雑なメイクと量販店のよれたスカートスーツ姿で。ただでさえ会いたくなかったものを、まかり間違ってもこんなに惨めな気持ちに浸っている時に遭遇するとは。

なんてこった。――今日は、本当に厄日らしい。

*

「久しぶりだもーん！　ね、ね、ちょっとだけ話そ、ね」

「いや、忙しいから……」

「さっきそこの生命保険のビルから出てきたでしょ？　見てたよぉ！　あそこ制服着て働いてる人ばっかりだと思うけど、未桜ちゃん自前のスーツだもん。もうお仕事終わったんでしょ？　ね、ちょっとだけ！」

「……え、と……」

どうにかして撒《ま》いてしまいたかったのに、呆然《ぼうぜん》としているうちにすっかり麗子のペースに巻き込まれ、未桜は気づけば、彼女と共にいつものコーヒーチェーンの一席に落ち着いてしまっていた。

（どうしよう、早く振り切って帰っちゃわないと……）

半ば気絶しつつ、かろうじて残っていた意識で、定番である本日のコーヒーを注文したのは覚えている。日替わりのコーヒーは、いつも通り、いつもとの味の違いなんてわからず。それだけが少し、冷静さを取り戻させてくれる。

傍では麗子が、なんちゃらかんちゃらクリームラテだかモカチップなんとかカッフェほにゃららグラニータだかいう特殊召喚呪文《じゅもん》を用いて呼び出した、特大サイズのプラスチックカップを極太のストローで突《つ》き回している。真っ白なクリームと、上からドロリとかかったチョコレートソースの対比が、嫌に毒々しく感じられる。

「見て見て、新しいネイルしたとこなの。最近お気に入りのサロンがあってね、そこの店長さんがテレビで見たってあたしのこと知っててくれてぇ」

さっきから麗子が何かずっと話しているが、ほとんど耳に入ってこない。ところどころ、「例の教授から婚約しないかと言われているが、するかまだ迷っている」や「某お茶の間歴史番組のコメンテーターでレギュラー出演が決まりそう」などの聞きたくもない情報だけ把握したが、それも努めて無反応でやり過ごす。

（頼むから早く、どっか行って。この時間、終わって）

何を言っても無駄なのだ。そして、麗子自身の話も、どこまで本当かわからない。学術誌やテレビなどから、間違っても彼女の情報を取り込んでしまわないよう、それらの媒体を意図的に生活からシャットアウトして過ごしていたから、ここ一年ほどは名前すら聞かずに済んでいたのに。どうして今更こちらに寄ってくる？　もう、しゃぶり尽くされて出涸《でが》らしになった未桜などに。

記憶を都合よく自ら改竄《かいざん》してしまう麗子から、何かを取り戻すのはもう無理だと諦《あきら》めている。だから、もう。奪ったことも裏切りも。したくもないが、過去にしてやるから。これ以上、未桜の人生に関わってこないでくれ。

そうだ。なにがしかのタイミングで、用事でも思い出したと言って席を立てばいい。そら、今だ――

「ねえ！　聞いてる、未桜ちゃん？」

「……!?　ご、ごめん、なんて言ったかな……？」

――と。急に大きな声で呼びかけられ、未桜は思わず肩をびくつかせた。

「未桜ちゃん、あそこの生命保険会社で働いてるんだよね？」

「え、うん……」

……嫌な流れになってしまった。麗子が自分の話をしてくれている分には、聞き流せばしまいだったのに。未桜の話を、よりによって麗子に尋ねられたくはない。目の前にいる彼女からどう逃げようかと画策していた後ろめたさと、不意をつかれた無防備さで、未桜はつい、素直に頷《うなず》いてしまった。

そして麗子は、ある意味で、案の定な反応をするのだ。

「なんでー!?」

「な、なんで、って」

（あんたのせいで、そこしか勤め先が見つからなかったからですが……）

言っても仕方のない続きを胸の中にしまって口をつぐむ未桜に、麗子は身を乗り出してくる。いつか見たように、アヒルよろしく唇を尖《とが》らせて。

「あたしの友達が言ってたよ？　あそこの……安心保険パック？　とかなんとかいうやつに入ったけど、契約内容に説明足りてなかったり、電話対応とか悪すぎて途中抜けしようか迷ってるって。しかもさ、たぶん事務じゃなくて、ただの販売員とかだよねぇ。未桜ちゃんは、本当にそのお仕事がいいと思ってやってるの？」

「それは……」

「そんなの未桜ちゃんの頑張ってやってきたことに、全然関係ないじゃない！」

「……」

――唇が。

奇妙な形にひしゃげて。そこから体が、溶けるまで熱せられた金属みたいに、ぐにゃぐにゃと捻《ね》じ曲がっていくような感覚に。

未桜は、脊髄《せきずい》を抜けていく攻撃的な衝動をやり過ごすため、ぐっと膝《ひざ》の上で拳《こぶし》を握り締める。どの年齢層にも好ましく映るため、清潔感を保とうと深めに切り揃えているはずの爪が、血が出るほどに手のひらに食い込む。

(どの口が)

どの口が言っている。誰のせいで、こんなところで働いていると思っているんだ。

(私、……私から。私の、全部、全部……奪っていったくせに。お前が言うのか。それを、言うのか)

言い返さずに黙っていたのは、口を開くと、怒濤《どとう》のように呪いの言葉が飛び出しそうになるからだ。

言っても無駄だ。そこに使う労力が惜しいだけだ。それがわかっているから。

身を焼くほどの屈辱を、未桜は歯を食いしばって耐えた。そんな未桜の沈黙をどう捉《とら》えたものか、麗子はますます勢いづいて身を乗り出した。

「今の未桜ちゃん、なんだか全然キラキラしてないよ？　あたしの知ってる未桜ちゃんじゃないみたい。前の未桜ちゃんに戻ろ。もっとハングリーに、もっと輝いてこうよ！　ね？」

――ガンッ、と。テーブルに叩《たた》きつけるようにコーヒーのカップを置いた未桜に、麗子がビクッと肩を引き攣《つ》らせる。

「未桜ちゃん……？」

恐る恐る、といった風情の疑問を含んだ呼びかけに、未桜は大きく息を吸う。頭の中でぐつぐつと煮詰まった怨嗟《えんさ》に無理やりに蓋《ふた》をして、強く抑えつける様をイメージしてみた。

黒く潤んだ目を向けてくる麗子は、「どうしちゃったの未桜ちゃん」と大きく書き出したような表情をしていて。薄く開かれたローズピンクの唇はドラマチックにわななき、マスカラで美しくカールを保ったまつげにはわずかに水滴がついている。

それは果たして、どこかで見たような面構えだった。はて、どこだったかといえば、空想の中だ。頭でのみ思い描いた未桜自身の葬儀で、ブラックフォーマルに身を包んだ麗子は、こんな顔で自分の遺影を見つめていそうだと、確かに思っていたところだ。

（この子の中では、私はスープを取り終わった出涸らしの骨で、とっくに使い捨てられた死人なのかと思っていたけど）

そうだった。もう死んだ相手を無邪気に黒のピンヒールで踏み付けにして、自分の悲劇の物語に巻き込むのが、この女だったじゃないか。もういっそおかしくなった。相変わらず、予想の斜め下に来てくれる……。

限界まで沸き立った感情の塊を、かろうじて残った理性で飲み下し、未桜は掠《かす》れ声でこれだけ絞り出した。

「私もう帰るね。それじゃ」

「未桜ちゃん……」

それ以上ここに留《とど》まっている気にもなれず、慌ただしく席を蹴立《けた》てて背を向ける。顔も見たくないし、それ以前に、いまの自分がどんな凄絶《せいぜつ》な表情をしているのか、そちらの方が恐ろしかった。

そして麗子は、そのまま何も言わずに立ち去ろうとする未桜に、やはり思った通りの言葉を投げつけてくるのだ。

「未桜ちゃんっ、あたし待ってるからね！　未桜ちゃんがこっち側に戻ってきてくれるの、ずっと、ずっと……！」

——耳を塞《ふさ》いでおけばよかった。

明日《あした》からは、通勤路にはイヤホンも必須《ひっす》だな、と。足速にその場を後にしながら、未桜は現実逃避に考えた。

＊

（麗子……あの場所に立ってたの、案外わざとだったのかもしれないな）

そのことに思い至ったのは、荒れ狂う心をどうにか宥《なだ》めながら未桜が帰宅して、靴を乱雑に脱ぎ捨て、常備しているペットボトルのミネラルウォーターを一気に飲み干した瞬間だった。

（なんでかはわからないけど。ひょっとしたら麗子、私が今の会社に勤めているのをどこかで知って、わざわざマウント取りに来たんだったりして……）

十分ありうる話だ。そういえば、「友達に、ここの商品は評判が悪いと聞いた」と、ご丁寧にも事前情報を仕入れてきていた。たとえば何かむしゃくしゃすることがあって、そのはずみで自分がかつて托卵《たくらん》で使い捨てた相手を思い出したのだろうか。「そうだ、死体を蹴ろう」などと、古都観光にでも出かけるノリで、憂さを晴らしにきたのかも。あいつの行動背景なんて、今となってはどうでもいいことだけれど。

（私も、……どうして麗子についていってしまったんだろう……）

ぼうっとしていて受け身が取れなかった——といえばそれまでだが、途中で我に返った時にでも、振り切って帰ればよかったのだ。葬式にすら来て欲しくないと思うほど、あんなに嫌いだったのに。それを誘われるまま、うかうかとコーヒーを一緒に飲んだりして。

結局こうして、厄日の締めに最悪なトドメを刺されてしまった。どうかしている。本当に、一体何をやっているのやら……。

ストッキングはおろか、ジャケットすら脱ぐ気にならず、未桜はノロノロと手だけ洗浄し、ワンルーム中央のローテーブルに倒れ込む。床に尻餅《しりもち》をつくように座り、天板にペタリと頬をくっつけているうちに、なんだか無性に虚《むな》しくなってきた。

家族からも友人からも孤立し、仕事にもちっとも満足できておらず、おまけに。

——今の未桜ちゃん、ちっともキラキラしてないよ？

（あんたにだけは、言われたくない）

そこで未桜は、やっと思い至った。どうして先ほど、あんなに忌避していたはずの麗子に、咄嗟《とっさ》についていってしまったのか。その理由に。

――ね、ね、あたし山中麗子。仲良くして。

――あたし、未桜ちゃんが憧《あこが》れなんだぁ。

裏切られ、奪われ、理解不能の言動に振り回され。もう金輪際関わるまい、忘れようと思っていたくせに。未桜自身でも気づかないうちに、まだ麗子に「何か」を期待していたのだ。

(今までの裏切りで持って行かれた分は、もう全部くれてやるから。それでもうおしまいにするから。これ以上奪ってくれるなって、……そんな期待をしていたんだ)

なんなら、どこかで彼女が心を入れ替え、「本当はあなたのおかげなのに、ごめんね」と謝ってくれることすら、無意識のうちに想定していた。そうだ、たとえ口先だけの誠意のこもらない謝罪だったとしても、許したのに。それさえあれば、許せたかもしれないのに。

(もう嫌だ。嫌だ、全部嫌だ)

麗子のことも、その前にあった、保険会社の理不尽な契約条件の変更についても。そして、結局は嫌だ嫌だと言いながら、全部「どうしようもない」と諦《あきら》めざるを得ない、今現在の自分も。

すべてにもう、心底嫌気がさした。何もかもが億劫《おっくう》になってしまった。

うつろな眼差《まなざ》しのまま、取り出したスマホをタップして起動させる。慣れた手順で、当たり前のようにルーチンの手順を辿《たど》る。短文SNSを立ち上げれば、デフォルトで

〝ロバ〟アカウントでログインされている。そこから先も、完全に衝動的な行動だった。

『もう死にたい』

思ったままの言葉を親指を滑らせてつづり、目に痛いスカイブルーの送信ボタンを押す。

『もう疲れた。生きててもいいことなんかない。どうせ何もかも奪われてダメになっちゃう。そんなの嫌だ。何もかも嫌だ。今すぐ死んでしまいたい』

勢いのまま連投して、ローテーブルにスマホを乱暴に放り、額を天板に擦《こす》り付ける。はぁっと肺腑《はいふ》から搾り出すようなため息をつくと、魂や生命力も根こそぎ口から逃げ出ていくような心地がした。

（ほんと、……生きてても……）

悪循環ばかりで何もいいことがなく、緩やかに首を絞められて、死んでいくだけなら。今できる逃避の術《すべ》なんて――

（……？）

不意に。

ぽん、という場違いに明るい音と共に、暗くなっていたはずのスマホの画面が明るくなる。待ち受け画面に通知がひとつ表示されていた。先ほど〝ロバ〟から投稿したばかりのSNSに、メッセージが届いたようだ。

（このアカウントも壁打ちみたいなもんだし、一体誰が……）

さっき投稿してから、まだ数分しか経っていない。この短時間で、うっかり何か妙な勧誘スパムアカウントの琴線にでも触れてしまったのか——と。いささか頭に冷水を浴びせられた気持ちになりつつ、アプリを開きなおし。

そこで未桜は、大きく目を見張った。

「え——」

声も出る。

なぜなら、ダイレクトメッセージを送ってきてくれた相手が、あまりに予想外だったせいだ。

「……シュンくん⁉」

立ち上げたメッセージツールの送信元は、何度見ても同じだ。名前もアドレスも、ついでに、エプロン姿の彼自身の写真が使われているアイコンも見たが間違いない。「料理好きの男子大学生」のもの。

そして、メッセージには一言。

『ロバさん、大丈夫ですか』

——とだけ、あった。

「っ、なんで」

声に出して問いかけても、彼には聞こえないのに。誰もいない部屋に響く自分の声がやけに滑稽《こっけい》だ。

確かに、前にダイレクトメッセージでやりとりをしたことはある。でも、それは未桜からの応援に対する返信でしかなかった。あくまで一方的なファンだったので、まさか彼の方から未桜にメッセージをくれるなんて考えたこともない。

びっくりするやら、混乱するやらで。呆然《ぼうぜん》とスマホを見つめていると、またポン、ポンと可愛らしく通知音が鳴り、メッセージが追加されていく。

『何かありましたか？』

『心配です』

『ちょっとだけ、お話しできます……？』

「……」

何も返せずにぼうっとメッセージの群れを見つめていると。

『ロバさんはよく僕の料理動画を見て、あったかいメッセージとかで応援してくれています。僕はそれに励ましてもらってます』

最後に。

『僕、ロバさんがいつも頑張ってるの知ってます』

『電話の方がよかったら、こっちが通話可能アドレスですので！』

『ご迷惑でなければ、てか、僕でよければ、お話聞きたいです』

「……っ」

喉《のど》に何か熱いものが詰まって、未桜はしばらく、唇を強く噛《か》み締めて黙り込んでいた。

＊

それから、数日後。

いつものコーヒーチェーンの、行きつけからはかなり離れた別店舗で、未桜はソワソワしながら腕時計を眺めていた。都内ではあるし、通過もしたことがある、名前も知っている駅。電車の窓から、周辺の閑静な住宅街や色とりどりの大きな遊具のある公園を眺めおろしつつ、けれど、きっと降りることはなく一生を終えるのだろうなと思っていた、そんな立ち位置の場所に、未桜はいる。

(うっかりノリで承諾しちゃったけど。ほ、本当によかったのかな……？)

今の若い子たちはそうではないのかもしれないが、未桜はとりあえず、ネットで知り合っただけの相手と生身で会うことに、多少なりとも抵抗のある世代だ。おまけにちょっと、というか干支《えと》ひと回り近く離れた、現役大学生の、しかも、男の子。

(土日は個人契約チャンスだから最初聞いた時は無理だと思ったけど、たまたまアポが入らなくてラッキーだったな……)

今日は奇跡的にできた一日オフ。

そして、これから。——未桜は、「料理好きの男子大学生」シュンのスタジオにお邪魔することになったのである。

何度反芻《はんすう》しても事実は同じだ。あれよあれよという間にカレンダーは進んで当日になり、こうして約束した待ち合わせの場所に着いてもなお、未桜は立派に混乱していた。

（え、な、何で？　なんで、いつの間にこんなことになってたんだっけ……？）

普段なら『本日のコーヒー』を問答無用で頼むところでも、なんとなく、気分を宥《なだ》める意味で糖分でも摂《と》っておこうと、別の洒落《しゃれ》たメニューを選んでしまう。前に麗子が頼んでいたような、呪文《じゅもん》めいた商品名のクリームが載ったドリンクは、なんとも飲み慣れず、逆に落ち着かなさを加速させた。ついでに、コーヒー味のシェイクに粒々のココアクッキーが混ぜ込まれているが、これ、絶妙に紙のストローに詰まる。効率的な吸い方はどうすれば。

――意図的にどうでもいいことを考えて、未桜は現実逃避に走った。

＊

約束をとりつけたあの日のことを、未桜は改めて思い返してみる。

――「こんな若い子に愚痴っても……」と後ろめたくなりつつ、未桜は気付けば、ダイレクトメッセージの返信から通話に会話方法を切り替えて。先ほどあったばかりのこと、そして、今まであったことを全てぶちまけてしまっていた。

シュンと同じくらいの年齢から、考古学者を志していたこと。ずっと温め育ててきた研究成果を発表するのが夢だったこと。それを突然、麗子に奪われたこと。人生の大半を費やしていた研究がお釈迦《しゃか》になって、手元に何もなくなったこと。うつろな気持ちで不本意な仕事をこなす毎日を過ごしていた矢先、会社から突きつけられた条件変更の話に、膝《ひざ》から崩れ落ちそうになったこと。

そして、失意のうちに帰宅する途中、待ち伏せられていたように麗子に遭遇して、一番かけられたくない言葉で心を抉《えぐ》られたこと——

話を聞きながら、シュンはこんな相槌《あいづち》を打ってきた。

『山中麗子さんって、僕、名前を聞いたことあるかも……です。なんか、歴史系の教育番組？　とかに、ちょっと前までよく出てたけど。最近あんま見ないような。どうかな』

（え……そうなんだ？　ずっと引っ張りだこかとばかり）

麗子の情報を入れたくなくて、メディアで彼女に触れそうなところは意識して締め出すようにしていたせいか。ひょっとしたら、とうとうメッキが剥《は》がれて降板させられるようになったのかな、なんて思うと少し愉快な気持ちになったが、なんにせよ今の未桜には必要のない話だ。

彼は非常に聞き上手で、まるで関係ないのに申し訳ないと思いつつ、この如何《いかん》ともしがたいやりきれなさ、閉塞《へいそく》的で孤独な状況を、ついつい話しこんでしまったものだ。

全部吐き出してしまったあと、シュンからの返答には、やや間が空いた。

それはそうだろう、と未桜は冷や汗をかく。いくら話が聞きたいと言われたからって、いきなりヘビーな内容を洗いざらい吐き出されては、反応に困るはず。さすがに呆《あき》れられたか……とため息をついたところで。

　シュンの台詞《せりふ》は、あまりに意外だった。

『ロバさん、うちのスタジオに遊びに来ませんか？』

『へ？』

　素で声が出たのもやむなしだ。それくらい脈絡がなかった。ついでに、その続きもまた、同程度には唐突だった。

『そうだ。僕、本名は佐藤駿《さとうしゅん》っていいます。いきなりすみません。僕が勝手に名乗ったからって気にせず、ロバさんの本名は言っても言わなくてもで！　……あ、でもこれだけ。お住まい、東京とかその近くですか？　ちなみに僕がいつも動画撮ってるスタジオは、東京の……区の……あたりなんですが。スタジオっても普通にマンションの一室ですけど。えっと最寄り駅が』

（本名もスタジオの場所もそんなホイホイ言っちゃっていいの!?）

　あんぐり口を開けていると、彼はそんな未桜の心を読んだかのように『なんかぶしつけで一方的に、本当すみません……』と続ける。君の不用心さが心配なだけで不躾《ぶしつけ》だと思ったわけではないぞと、未桜は内心で首を振った。

　それより何よりだ。

（お邪魔していいの？　シュンくんのお料理スタジオに？　うっそ。本当に……？）

確かにどこにあるんだろうと気にはなっていたけれど。そして、告げられた所在地は、十分に日帰りでの移動範囲内だ。意外に近いところにあったなんて。

『えっと……私も東京在住です。シュンくん……佐藤さんのスタジオに遊びに行けるのは嬉《うれ》しいけど、いいんですか？』

『もちろんです！　お誘いしたのは僕なので！　動画撮ってから、できた料理ご馳走《ちそう》します。ゲスト出演って意味じゃなくて、ちゃんと撮った後にっていうか……動画自体には出なくていいんで！　あと当たり前ですけど変なこととか絶対しないんで安心してください！　ロバさんに、僕が作ったご飯食べてほしいな、ってだけなんで』

ロバさんに、美味《おい》しいもの食べて元気出してほしいんです。彼はそう続ける。

『……僕のエゴです。だめですか？』

(変なことも何も、そういう気を起こそうにも、私は君よりだいぶおばちゃんだし。それも疲れ切ったおばちゃんで、色気も美しさも皆無だけど……)

こっそりと感想に自虐も取り混ぜて、プッと噴き出す。

少しでも笑うと、幾分か気持ちが楽になる。……不思議だ。さっきまで、目の前が文字通り真っ暗になるようなどん底にいたのに。

『ありがとう。それじゃあ、お言葉に甘えてご馳走になっていいですか』

気づいた時にはそう返信していて、間髪を容《い》れず『もちろんです!!　ロバさんが食べてくれるなら、とびきりいいお肉仕入れて、腕によりをかけて頑張りますね！　ありがとうございます！』と元気のいい言葉が返ってくる。

それでいて、あとから『今さらですみません。……もいっこ確認ですけど……僕の動画観てくれてるってことは、ロバさんお肉料理大丈夫な人ですよね……？』と不安そうな追加質問が来るものだから、未桜は今度こそ声を立てて笑ったものだった。

＊

（思い返してみても、ほんと謎だというか。何があるかわかんないものだなあ……）

シュンは未桜の顔を知らないので、スタジオにほど近いというこのコーヒーチェーンの店舗で、わかりやすい服装をして待ち合わせる手筈《てはず》になっている。「窓に向かったカウンター席の端っこにいますね。ミントグリーンのロングスカートで、上は白いシャツ、肩くらいまでの黒髪の女です。歳は三十過ぎです」と先ほどメッセージを送ったら、『了解です！　すぐ着きます』と返ってきたところだ。

それにしても、動画の撮影自体は終わった後で決して映るわけではないと言われていたのに、なんとも気合の入った格好をしてしまった……と。長らく灰色のスーツで着たきり雀をやっていた我が身を思い返しつつ、苦笑する未桜だ。

きっちりメイクをするのは、本当に久しぶりで。顔を作りながら「アイカラーは、慣れてないうちは色が濃い方から塗るのが鉄則でぇ。ライナーはまつげの隙間を埋めるみたいに、目とのキワッキワにね」という麗子の教えをうっかり思い出した割に、意外にダメージが少なかった。

料理をご馳走になるだけだ。別に何を期待してもいないのは大前提で、——それはさておき。服飾への気遣いは、未桜が立派に舞い上がっている証拠だった。

（だって前に作ってた炊飯器チャーシュー、ほんとに美味しそうだったんだもの）

トロトロのお肉の断面を思い出して、食べたばかりのコンビニラーメンにのっかったチャーシューという名の肉の切れっ端に、多少物悲しい気分になったくらいだ。

（びっくりだな。今日は何を作ってくれているんだろう。シュンくんの料理を、本当に直接食べられる日が来るなんて思わなかった！）

改めて思い返してもミラクルな展開に、しみじみと息を吐き出しつつ、手元のドリンクを茶色い紙ストローでかき混ぜていると。

——こんこん、と目の前のガラス窓が軽くノックされる。

「！」

顔を上げると、チェーン店のロゴの描かれた透明なガラスの向こう側で、画面越しに見慣れた童顔の青年が、ヒラヒラと手を振って微笑んでいた。

「お待たせしました！　ロバさん、今日は本当にありがとうございます」

鼻の頭を指先で照れ臭そうに掻《か》きながら、勢いよくペコリと頭を下げた「シュン」は、動画で見るよりも優しげで礼儀正しい印象だった。ダボッとした紺色のパーカーに、どこかの外国の街の風景写真をセピア色で印刷した白いTシャツ。下はブラックの細身ダメージドデニム。ザ・若者！　という風情の格好に、未桜は慄《おのの》く。

そして、ニコニコと満面の笑みを浮かべる顔は、画面越しで見るよりずっと整っていた。少しだけ垂れた黒目がちな眼は大きく、目鼻立ちは「人間の顔のお手本」みたいに行儀良く並んでいる。肌は健康的な範囲内だがやや白く、柔らかそうな栗色の髪やべっこう飴《あめ》みたいな琥珀《こはく》色の虹彩《こうさい》なども、全体的にどこか色素が薄く感じられる。

すらりとした体軀《たいく》も含め、それこそモデル業やアイドルグループにいてもおかしくないほどだ。しかし何よりも、幼さが印象的だった。確かに綺麗《きれい》な子ではあるが、それよりも可愛らしい、というイメージが先立つ。

(子犬っぽい)

無防備に目をキラキラさせ、ちぎれるほど尻尾《しっぽ》を振っている柴犬《しばけん》の仔《こ》が、背後に幻視できる気がする。飼い主さんが「うちの子は人なつっこすぎて番犬は無理ね」と諦《あきら》めるタイプの、なんというか。

(こう……オーラが眩《まぶ》しい！　二十歳ってこんな若いんだ……！)

軽く衝撃を受けてよろめく未桜に「?」を顔に描いて首を傾げた後、シュンはさらにニコッと笑みを深めた。「えと、……?　どうしたんだろ?　てかロバさんで合ってるかな?　間違えてたらすみません」とでも考えているのかな、と察したところで、ほとんど予想通りのセリフをそのまま言われた。なんとわかりやすい子だ。素直すぎてちょっと心配になるレベルに。

「ろ、ロバです。合ってますよ。こちらこそ今日は本当に、ありがとうございます。お世話になります」

「はい！　お世話とか、そんなそんな。や、あの、ぜひお気楽な感じ？　でお願いします！　僕のわがままで急にお誘いしちゃったのに、快く来ていただいてるんで！」

しどろもどろになりつつ頭を下げて自己紹介すると、シュンは「よかった合ってた！」と胸を撫《な》で下ろした。ついでに、「つまらないものですが」と銀座《ぎんざ》の名を冠する某果物屋のフルーツゼリー詰め合わせを差し出すと、「え！　わ！　すみません気を遣わせちゃって！」と目を丸くされる。目鼻立ちも「人間のお手本」のようだったが、反応までお手本通りで、未桜はちょっと笑ってしまった。

（いい子だなあ。なんか緊張がほぐれてきた）

彼があまりに……無邪気に笑うもので、釣られて未桜も思わず微笑む。作り笑いでも強張《こわば》った仏頂面でもなく、表情筋が、久しぶりにまともな労働に勤《いそ》しんでいる気がする。

しかし、十数分後。未桜は、今度はあんぐりと口を開けて顎《あご》を落とす羽目になった。

「ここがスタジオ……!?」

辿《たど》り着いたのは、少しだけ駅から離れたところにあるタワーマンションだ。聳《そび》え立つという表現にピッタリの高層ビルは、黒い大理石の玄関口がなんとも優雅だった。周囲にいくつか同じ作りの建物があるので、おそらくここら一帯で共同開発されたのだろう。

（フロントがあるというか、コンシェルジュがいる！）

ロビーを突っ切って歩くシュンの背中は迷いない。慄きつつも従う未桜は、乗り込んだエレベーターで、彼の指がてっぺん近くのフロアボタンを押すのに驚いた。

（そんな上層階なの⁉　……内装から割といいマンションなんじゃないかって予想はつけてたけど、この子、ひょっとしなくても大変なお坊ちゃんなのでは……）

「なんか、すごいとこだね……」

「？　はい。外国の方なんかも住んでるマンションなので、エレベーターで出会う人の会話も、すごい国際色豊かなんですよ」

すごい、の方向性についていささかズレた回答をもらいつつ、取り止めもない話をしていると、エレベーターが軽い金属音を立てて停止を知らせる。高級ホテルのように部屋がずらりと並ぶ廊下を奥まで歩くと、一室の前で足を止めたシュンは鍵《かぎ》を取り出し、ごく自然な動作で解錠した。

本当にここにスタジオがあるんだ、と今更な感想を抱き、未桜はごくりと唾《つば》を飲む。

マンションの中なのだが、見た瞬間に受ける印象が未桜の一人暮らししている安普請のワンルームとは大違いで、なんとも圧倒された。

（天井はうちの倍、高いのでは？　値段は倍じゃすまなそうだけど）

「どうぞ！」

「あ……はい。お邪魔します。そうだ、シュ……佐藤さん」

「シュンでいいですよ！」

「じゃあ、……シュンくん？　で。シュンくんの他に、スタジオにはどなたかいらっしゃいます？」

「いえ、残念ながら。いつも撮影と編集担当に相方が入ってくれてるんですけど、今日は『お客さんが来る』って言ったら遠慮してもう帰っちゃいました。ご紹介できたらよかったんですが」

（相方って、ひょっとして、大学の友達とか？　ってことは撮影してるのも男の子かな？）

軽くあたりをつけてみる。作りかけの料理のつまみ食いをしようとしたり、動画内でも気やすい感じがしたから、むべなるかなだ。

誰にせよ、撮影は終わった後と聞いていた通り、帰宅してしまったらしい。その場にいるのはシュンだけだということだ。引っ込み思案で初対面の相手と話すのが苦手な未桜としては、あまりたくさんの人に会いたくはなかったので、ちょっとだけホッとする。

わずかばかり気を抜きつつも広めの玄関で靴を脱ぎ、案内されるまま奥のリビングダイニングへと進むにつれ、ふわりと美味《おい》しそうな香りが鼻腔《びこう》をくすぐった。

（あ、この匂い）

トマトソースやデミグラスソース系の甘さを含む、焦がした脂の香ばしさ。

「ハンバーグ……？」

「正解です！」

思わずつぶやく未桜に、にかっと——得意満面で笑って、シュンは奥のすりガラスをはめた背の高いドアを押し開ける。そこには、いつも画面で見ている通りの光景が広っていた。

（わあ。本当にシュンくんのスタジオだ！）

広々とした、清潔な白いアイランドキッチンには、奥に大きな冷蔵庫が二つもあり、思わず、いつも見ている動画の中で彼が材料を取り出している場面を思い出してしまう。シュンは自慢げに「実は別室にもでっかい業務用の冷蔵庫があるんですよ！」と付け足す。エヘンと胸を張る様子に「どれだけ材料を買い込むの」と未桜は笑ってしまった。

キッチンの手前には、生成《きな》りのクロスのかかった木目調のテーブルセットがある。椅子は二つあるから、基本的には撮影編集担当という相方くんと使うためのものだろうが、動画ではいつも実食タイムでもキッチンに立ったまま皿に盛り付けて食べているので、こちらを見るのは初めてだ。卓上には洒落《しゃれ》た白いナプキンの上に銀のカトラリーが一人分準備してあるほか、小ぶりなガラスの花瓶が置かれていた。

オレンジ色と黄色のコロンとした可愛らしい花に、未桜は目を細める。お花が生けてあるテーブルで食事する機会なんて久しぶりだ。客を招くからと気を遣って準備してくれたなら、なおのこと嬉《うれ》しい。
「飾ってあるお花、綺麗ですね。マリーゴールド、小学校の花壇に植えてたのが懐かし
くて。……こっちは、多分アザミ……？　かな。素敵な色の取り合わせ……」
パッと華やかな印象を与えて目に飛び込んでくる黄色のユリは、よく高山などで見か
ける気がする。白やピンクもいいけれど、この色も素敵だなと未桜はうっとりした。
「こっちの粒々したクリーム色のお花は？　なんだか、葉っぱに見覚えがある気もする
けど……」

見慣れない花を指差して尋ねると、「この花だけは相方が準備して教えてくれたんで、
又聞きですけど」と前置きしつつ、シュンは鼻の頭を掻《か》いた。
「これ、月桂樹《げっけいじゅ》なんです。ほら、オリンピック選手が表彰台で頭に飾ってるやつ。栄光
とか栄誉とか、おめでたい花言葉があるから、元気付けようと思う人がいるならちょう
どいいって」
「……そうなんだ」

照れ臭そうなシュンに、未桜はしみじみ頷《うなず》いた。
「あと月桂樹って、あんまり気にしてる人いないかもだけどローリエじゃないですか。
ローリエって言えばお肉を使う洋食の定番ハーブですから！　乾燥させた食用のですけ
ど、もちろん今日のハンバーグにも使ってますよ。料理好きの男子大学生っぽいところ
をアピっとこうと思って」

「あはは、動画には映らないのに？」

「……あ、ほんとですね？」

わざわざ花言葉まで調べて準備をしてくれるなんて、相方くんだという男の子はなかなかロマンチストらしい。せっかくだから会ってみたかったなと、未桜は残念に思った。

「それじゃ、早速あったためるんで、ちょっと座って待っててくださいね！」

未桜と交代で洗面所で手を洗った後、キッチンに入るなり、シュンはアイランドキッチン入り口のカゴから黒いエプロンをつまみ上げた。パーカーを脱いでシュルッとわずかな衣擦《きぬず》れと共に手際よくそれを身につける仕草に、つい未桜は見入ってしまう。エプロンをつけると、かわいらしかった印象が変わり、どこか凛々《りり》しくなる。柴犬《しばけん》っぽさにかまけて気にしないでいたが、つくづく見栄えのする子だ。

「ご飯とパンどっちもあるけど、ロバさんどっちが好きですか？」

「えっと、じゃあお米食べたいな」

「了解です！　ちなみにスープはオーソドックスにコーンポタージュです。昨日作っといたやつで、生のコーン蒸してからミキサーにかけてるんで、美味しいですよ！　サラダも食べられます？」

「是非！」

調理そのものは済んでいるというが、シュンは鮮やかな手捌《てさば》きでフライパンを火にかけ、出来上がった品々を白い皿に盛り付けていく。つけ合わせ——ガルニチュールは塩を振って蒸したブロッコリーとジャーマンポテト、人参《にんじん》のグラッセだと、作業しながら機嫌良く説明もくれた。

　レタスと水菜とパプリカのサラダに柚子《ゆず》と白味噌《しろみそ》を使ったドレッシングをかけ、刻んだナッツをパラパラと散らす。小鍋《こなべ》でポタージュを温める傍ら、ライスを皿に平たく盛って、完成だ。

「できました。どうぞ、召し上がれ！」

　あっという間に準備が出来た料理を、シュンは次々とテーブルに運んできた。深皿で湯気を立てるのは、生クリームを円形にひと回しして、イタリアンパセリをぱらりと散らした優しい色合いのコーンスープに、艶々《つやつや》の炊き立てご飯。

　卓上に並べられる、まるでレストランで出される品々のように美しいそれらに、未桜は目をぱちくりさせる。水の入ったグラスも青い江戸切子《えどきりこ》のおしゃれなもので、本当に、どこかの高級店に来たみたいだ。

　最後に、ことりと皿の並びの中央に置かれたハンバーグは、お揃いの白一色の皿の上で、銀色のホイルに包まれていた。綺麗《きれい》な正方形に折られたホイルの真ん中は、熱でぷっくりと膨らんでいる。シュンは小さなミルクピッチャーを皿の近くに置くと、「生クリームを最後にちょっとお好みでかけると美味しいんです」と手のひらを見せた。

「……え、と。いただきます」

「はい！」

なんだか緊張するなあ、とゴクリと喉《のど》を鳴らし、恐る恐る、未桜はナイフとフォークを手に取った。

ホイルの真ん中にサクッと切れ込みを入れると、そこからふわりと香ばしさを含んだ湯気が溢《あふ》れ出す。できるだけ丁寧に、カトラリーを使って放射状に裂いていくと、まず現れたのは、艶々のソースに覆われた、大きな丸いハンバーグだ。オーソドックスなハンバーグより厚みがあって、俵形に近い。

どんどん穴を広げると、周囲に、ほくほくした皮付きじゃがいもの断面の薄黄色や、綺麗に面取りされた人参のオレンジ色、蒸し焼きにされてしんなりと鮮やかさを増したクレソンやブロッコリーの緑などが現れる。

「美味しそう……」

「へへ」

思わず呟《つぶや》くと、近くで反応をじっと見守っていたシュンが、嬉しそうに笑みを溢《こぼ》す。

「期待を裏切らないといいなあ」とやや緊張したように肩をすくめる彼に首を振ると、未桜は勧められた通り、ピッチャーからクリームをひと掛けした。深い赤茶のソースに注がれた白いクリームが、そこからじわりと色合いにまるみを与える。

再びナイフとフォークに持ち替えると、未桜はさっそくハンバーグを一切れ、口に運んでみた。

「！」

じゅわ、と口の中に肉の甘みと水分が広がる。続けて、じっくりと深みのあるソースが、味に余韻を引いた。

「すごく、美味しい……‼」

「ほんとですか！」

思わず口元を押さえて目を瞠《みは》る未桜に、シュンはぱあっと顔を輝かせた。

「うん。なんか、お肉の味がすっごくコクがあって……美味しさがぎゅぎゅっと詰まってるっていうか、普通のハンバーグじゃないみたい。ソースも美味しいけど、お肉そのものがすごく、味が濃くて。まさに肉、食べてます！　って感じ？」

「ありがとうございます！　作るときに、ちょっとタネに工夫がしてあるんです」

褒められたのがよほど嬉しかったのか、シュンは楽しそうに説明を加えた。

「工夫？」

「はい！　また今度、編集終わったら動画出すので、是非見て欲しいんですが。実はこれ、コンソメスープをゼラチンで固めたゼリーが入ってるんです。ゼリーは硬めに作ってからフォークで細かく崩して、一緒にぎゅむぎゅむ混ぜ込んでるので、均一にコンソメの旨味《うまみ》が行き渡ってて、お肉の味を濃くしてくれるんですよ。ゼリーにするのは、お肉の水分を守るためというか……その、……パッサパサのハンバーグってたまにあるけど、食べる肉がパサついてると心まで干からびるじゃないですか」

「肉がパサつくと心が干からびる」

いきなり飛び出した迷言を思わず鸚鵡《おうむ》返しにしてから、噴き出してしまう。相変わらず言い回しが独特な子だ。

「パサパサお肉の要因は、加熱するときに肉汁が全部逃げちゃうからでして。だから、ゼラチンとスープでしっかり保湿してやって、肉汁が逃げないようにするんです。切る時にも肉汁じゅわっとではないけど、代わりに旨味も水分もお口の中に届けられるまで逃げません。タネを力いっぱい練ると、ヒビも入りにくいですよ」

「へえー！　ゼリーをお肉に！」

「それだけじゃなくて、細かい普通の挽肉《ひきにく》と、ちょっと粗めにゴッツ挽いたお肉をブレンドしてもいます。で、肉食ってます！　今！　あなたの口の中にいるのは！　肉です！　って感じが出せるんですよ」

粗めの挽肉は、大きいスーパーやお肉屋さんだと売ってることもあるけど、ないときは自分で塊肉を包丁でチョップして作ればいいですよ。今回は僕も自力で挽いてます、とシュンは説明を足した。

「まな板の上で両手に包丁持ってドッカドカ叩《たた》くんで、結構ストレス解消にもいいんじゃないかな。ヒャッハー肉だ！　みたいな。ソースはそれ、ケチャップとウスターソースと市販のデミグラスを混ぜてみりんと料理酒で割っただけのやつなんですけど、お肉の味がしっかりしてるから、そんなのでも十分お店みたいに美味《おい》しいんです」

次から次に話したいことが出てきてたまらない、と言ったふうに。――琥珀《こはく》色の目をきらめかせて。表情をくるくると変え、身振り手振りを交えながら、楽しそうに料理を語るシュンに、未桜は目を細めた。

（ああ、眩《まぶ》しいな）

こんなにも、――大好きな何かに夢中になって、打ち込む瞬間が。今の自分に、あっただろうか。

（……それだけじゃなくて。そういえば最近、誰かが手作りした、あったかい料理なんてずっと食べてなかった）

誰かが作ったご飯が、食べたかった。

誰でもいいから買えば食べられるコンビニご飯ではなく、誰をも問わず金を払えば出してもらえる外食でもなく。誰かが、未桜を見て、ちゃんと未桜だけのために心を砕き手間を割いて作ってくれた料理が、食べたかった。

「あー、よかったぁ！　お口にあってホッとしました！　だってロバさん、お疲れだったから。美味しいもの食べて欲しかったんです」

はにかみながら告げるシュンに、言葉が喉に詰まって何も言えず。ただ、もう一切れを口に運ぶ。

（美味しい）

付け合わせの温野菜も、サラダも、スープも、白いご飯も。全部。

もぐもぐと咀嚼《そしゃく》しながら、同じ感想だけが頭を巡る。

（美味しい。……美味しい。美味しい）

胸の中にしこった ドロドロした澱《よど》みが、一口、またひと口と運ぶうちに、溶かされていく。

溶けた汚泥は、喉から目元へとせり上がり、ボロリと雫《しずく》になってこぼれ落ちた。

（——あ）

テーブルクロスにポタポタと染みができ、未桜はそこで初めて、自分が泣いていることに気づいた。

いつの間にかすっかり空になった、ホイルや皿を前に。未桜はカトラリーを下ろせもせず、無言の涙をこぼしていた。

（やばい）

困らせる。会ったばかりの、干支《えと》ひと回り近く違う年上女に目の前で突然泣かれたら、シュンだってどうしていいかわからないだろう。

泣き止まないと。すぐ、すぐに泣き止むから。それで、驚かせてごめんねと謝りたいのに。喉がヒリヒリ、焼けついたように声が出ない。言い訳の代わりに慌ててシュンを見ると、案の定、彼は呆然としたように未桜を見つめていた。

「え、あ……す、すみません、僕見るつもりじゃ！　じゃなくて、……あの、これ！」

彼は、未桜と目が合った途端に慌てると、それからエプロンやボトムスのポケットをぱたぱたと叩《はた》くようにして見つけ出したハンカチを差し出してくれる。頭を下げて受け取ったチェック柄の黒いタオルハンカチは、目元に当てると優しい柔軟剤の匂いがした。

「え、と！　よかったら保冷剤もどうぞ」

ややあってから、今度は布巾《ふきん》に包まれた小さな保冷剤も渡される。気づかないうちに、冷蔵庫からとってきてくれたらしい。

「……ありがと、ごめんね……」

やっと言えたお礼は、随分と情けない鼻声だったが、シュンは気にした風もなく「料理のスタジオだから、なんでもあってよかったです」と破顔してくれた。

（どうしよう）

やがて。落ち着いてくると、今度は恥ずかしさに消えたくなってくる。前触れもなくいきなり泣き出してしまった手前、それはもう気まずい。どうしたものか……と視線を彷徨《さまよ》わせる未桜に向け、不意にシュンが口を開いた。

「えっと……僕はまだ青二才だし、ロバさんのされている苦労について、あなたの気持ちがわかりますなんて、間違ってもそんな口きいちゃいけないと思うんですけど。だから、話半分に聞いてくださいね」

「？　うん……」

未桜は首を傾げた。何を話すのだろう、と思いきや。

次の瞬間、シュンが出した提案は、未桜にとってあまりに唐突で予想外のものだった。

「――ハンバーグにしちゃえばいいんですよ！」

人差し指をまっすぐ天井に向けて、やたらピッカピカの笑顔でなされたそれに、未桜はあっけにとられる。

「え？　は、ハンバー……グにするって、な、何を？」

シュンは未桜の悩みを聞いているし、そこからハンバーグの材料に関係しそうなものなど、およそ導き出されないと思うのだが。当然といえば当然の疑問を呈する未桜に、「すみません、言葉足らずで」とシュンは首の後ろを掻《か》いた。

「ロバさん、ハンバーグの材料って何か知ってます？」

にこっと微笑むシュンに、戸惑いつつ未桜は思案する。これでも、忙しくなる前には、そこそこ料理の真似事はしていた方だ。

「ええと……合い挽《び》きのお肉とみじん切りにした玉ねぎと、卵とパン粉とミルクと、塩《しお》胡椒《こしょう》とナツメグと……」

そういえばさっきはコンソメスープのゼリーを混ぜるって言ってたなあ、などとも思いながら、指を折って浮かんだものを数え上げていくと、シュンは「はい、全部正解です」と頷《うなず》いた。

「おっしゃる通りです。けど、挽肉と玉ねぎまではわかったとして、卵もパン粉もミルクも、入ってるなんて思いながら食べる人いませんよね。それから、さっき僕がおすすめのコツであげた、コンソメスープのゼリーなんかまずわからないと思うし。そういえば、僕はあんまりやらないんですけど、ハンバーグのタネに氷をひとかけ包んで焼くと、肉汁たっぷりジューシーに仕上がるっていう裏技もあるらしいんです。ゼリーも氷も、言われたら『そうなのか』と思うけど、わかんないでしょ。食べても」

話が読めない未桜の、空になった切子のグラスにさりげなく水を注いでくれながら。

——きっとよく泣いたから、水分補給の心配をしてくれたのだろうとは、後で気づいた。

琥珀色の瞳《ひとみ》を柔らかく和ませて、シュンは唇の端を緩く上げた。

「挽肉や玉ねぎの微塵《みじん》切りみたいに粉々になっちゃう時もあるし、胡椒やナツメグみたいなスパイスがぴりぴり傷を刺激する時もある。卵とパン粉とミルクを一生懸命下拵《したごしら》えして入れたのに、食べた人には気づいてもらえない。時には、ゼリーみたいなぐちゃぐちゃした思いや、氷をおなかに滑りこまされたみたいな冷たくて辛《つら》い気持ちを味わうことだってあるかもしれない。でもそれは、ロバさんが最後に美味しいハンバーグを作るために必要なことなんじゃないでしょうか」

「……私が、ハンバーグを、作るために？」

その言葉は、なぜか不思議なほど、じわりと馴染《なじ》むように胸の奥に沁《し》み入ってくる。

ぐず、と洟《はな》を啜《すす》りつつ、未桜は口を笑みの形にひん曲げた。

「けど私、最近あまりにもどうかしてるの。今どうにか働いて生きてるのも、……あいつに私の葬式にきてほしくないからだ、なんてひっどいモチベーションでね。だって腹立つんだもの、親友ヅラして絶対悲劇のヒロインみたいに泣くんだ、あいつ」

「ロバさんが長生きしようって思えるのはいいことですが……今は重荷になってるよう

に見えるので。ええと……大丈夫です！　きっとロバさんの葬式になんて来やしません
よ、その人」
「はは……どうだか。だって、私の会社の前で嫌がらせに待ち伏せてたくらいだし？
本人は嫌がらせって自覚ないかもだけど」
「んー、でも、来ないです。僕は来ないと思います！　だからロバさんが気にすること
はないです」
シュンが不思議なくらいの勢いで断言するので、未桜は苦笑した。若いっていいなあ
と、なんだかしみじみ思う。シュンくらい若い頃の未桜も、こんなふうに、絶対に日本
中を驚かせる考古学者になるのだと、根拠もない自信を持って研究に打ち込んでいた。
眩しさに目を細める未桜に、シュンはさらに熱弁を振るう。
「元親友の……山中さん？　のことは、めちゃくちゃ腹立つと思いますけど！　ってい
うか聞いてた僕がムカつきましたけど！　そいつとの過去であっても、否定しなくてい
いんですよ。だってまだ、否定するほど、ロバさんは生きちゃいないんですから」
「……いや、私それでも、シュンくんより干支ひと回りくらい長く生きてるけど？」
「干支ひと回りなんてそんなもん！　なんかこう、肉が十二種類ほんの一周するだけの
期間ですし！」
「肉が十二種類！」
確かに牛や鶏や猪も入っているけれども。少なくとも竜は食用ではないのでは。あま

りに大雑把な括《くく》り方に、未桜は今度こそプッと噴き出した。でもまあ、ハンバーグなら肉の種類もさほど気にしなくていいのかもしれない。

(でも、そっか……。言っても私、まだ三十過ぎだもんなあ)

研究でも今の会社でも、いろいろなものを、いろいろなところで、失って、行き詰まって。もうこの人生は、全部が悪循環だけで構成されていると思っていた。これ以上良くなることなんてなくて、ただ悪くなるばかりだろうと。先行きは真っ暗で、身動きも取れない場所にひとり置き去りにされたように思い込んでいた。

(でも、そんなことを決められるほど、私は十分には生きていない。……夢中になれることを見失っていたけど、また新しく見つけていけるだけの時間が、たくさんあるのに)

「ロバさんは頑張ってきたひとです。ロバさんの周りに、ロバさんのことを見てくれる人は、本当に誰もいませんか？」

「……それは」

顔向けできないから、心配をかけるからと遠ざけてきた両親と、最近ちゃんと話をしたことがあっただろうか。故郷にいる高校までの友人たちとも、しばらく連絡をとっていない。はっとする未桜が誰か特定の人の顔を思い浮かべたことを確信したものか、シュンは満足げに頷き、締めくくった。

「だから、なんていうか……やなこと全部ハンバーグにしちまいましょう！　作り方なら僕、教えますから。……いつでも！」

両拳《こぶし》を上下させ、一生懸命言葉を選びつつ、シュンは明るく請け合った。そうして励まされているうちに、未桜は、胸に垂れこめていた重苦しい雲が、だんだんと晴れていくのを感じていた。まるで、太陽の光が差し込むように。

(やなこと全部、ハンバーグ)

人生は料理ではないと思えば、無茶苦茶な理屈かもしれない。でも、やっぱり――料理と人生は、案外近いのかもしれないとも、思い直す。

(美味《おい》しいものを作るために下拵えを一生懸命しても、報われないこともある。失敗することも、……誰かに邪魔されることも)

麗子のしたことを許すことなどできない。きっとずっと、この恨みもやるせなさも悲しみも抱えたまま、未桜は生きていくことになる。

(……でも、お化粧の仕方を教えてくれたり、最初に声をかけてくれたことまで否定することもないんだ)

あるがまま、そのままを。忘れられないうちは、無理して忘れることもない。このぐちゃぐちゃして、辛くて、叫び出したいほど鬱屈《うっくつ》した思いも、きっとそのうち、未桜のハンバーグの材料になってくれる。今はその、準備期間。

「ありがとう……」

ぽつ、と呟《つぶや》き、未桜は目元を強くハンカチで押さえた。目頭を濡《ぬ》らす涙は、先ほどよりも少し、温かい気がした。

(結局パンももらっちゃって、ソースまで完食しちゃったし)

シュンに見送られながら、スタジオのあるタワーマンションを出て、ひとり、てくてくと日の落ちてきた歩道を歩きながら。未桜はしみじみと「美味しかったなあ、ハンバーグ」と呟いた。なお、材料費の支払いはおろか、せめてと申し出た後片付けは「誘ったの僕なんで！」と断られてしまったし、逆に駅まで送るとも言われたが、さすがに固辞してきた。

＊

(よし。気持ち、……切り替えよ)

散々味わった辛いことも、やるせない現状も。糧にして前に進めたらいい。続けてきた研究は報われなかったし、今は孤独が勝っているけれど。画面越しでも未桜を見つけて、こうやって手を差し伸べてくれるシュンのような人もいる。

まだ終わりじゃない。葬式のことなんか考えるのは、ずっと先で。まだ、生きていける。だから、――今はただ、それだけでいい。

「やなこと全部ハンバーグ！」

覚えたばかりの呪文《じゅもん》を唱えながらの帰途は、不思議なくらい、足取りが軽かった。

## ＊＊2　ごろごろ塊肉のラグー＊＊

ただの「料理好きの男子大学生」だという彼に、私はいつも感心してしまう。何にって、材料の仕入れにだ。

例えば塊肉の煮込みやラムチョップグリルだなんて、普通に考えたら材料費はなかなか馬鹿にならないはずなのに。彼ときたら毎度、どこからともなくさらりと持ち出してくる。その、料理に対する飽くなき熱意とモチベーションは、どこからきているんだろう……。そんなふうに、疑問に思う人がいても不思議じゃない。私のように。

でも、どういう経緯で手に入れた材料で作られたものであれ、どんな意図があって作っているものであれ、構わない。少なくとも、彼の料理という存在に、私は癒《いや》されている。

誰かの役に立っているという、それだけで。事情なんてどうでもいい。等しく尊いものだ、と。そう思うから。

どうして、こんなことになっちゃったんだろうか。いつ、間違えたんだろうか。

答えの出ない自問を繰り返しながら、篠田麻由里《しのだまゆり》は深夜に一人、繁華街の裏道でうずくまっていた。

＊

視界に入るのは、毒々しいネオンサインやカラフルな巨大看板を掲げるいかがわしい店ばかり。その下には、ろくに分別されていないゴミの溢《あふ》れる変色したポリバケツが転がっている。確実に周囲に潜むだろう害虫の気配も恐ろしかったが、何よりも、自分を捜す声が今にも聞こえてきやしないか、そればかりが気にかかる。

（戻らないと。戻って謝って、お仕事しないと。また怒られちゃう。ユウくんに怒られちゃう）

――は？　そんなこともできないなんて文句言う女、今までお前だけなんだけど？　お前だったらできるって思ってたんだけどなぁ。がっかりだよ。はーあ。まじさあ、マユには超、がっかり。

麻由里の好きな、ちょっと大人っぽく唇の端を上げるそれではなく。心底軽蔑《けいべつ》したように目をすがめ、口元をひしゃげて笑うあの顔が、とても苦手だ。だって麻由里に心底呆《あき》れて、見下して。自分が、彼にとってどうでもいいものに成り下がってしまうのが、可視化される瞬間だから。

（ほら早く。怒ったユウくんが迎えに来たらどうすんの。ダメだって。ほんと、動かなきゃダメなんだって……どうして動けないの？）

延々と同じ問いを繰り返しながら、麻由里は現状に至るまでの日々を思い返していた。

＊

麻由里が東京に出てきたのは、一年前。

両親に頼み込んで、念願かなって志望大学に入ることができたからだ。志望と言っても、例えば東大や早慶のような名だたるものではなく。知っている人には、一拍置いてから「ああ、あそこ……」と反応に困られるようなところだ。麻由里はそれでもよかった。とにかく、東京に行きたかった。出身地である、田んぼと河川と野山しかないような、ど田舎から出て行きたかったのだ。

田舎の人間関係というのは閉鎖的《へいさ》だ。そのうえに不寛容でもある。好きなアイドルが一緒だったり、同じ漫画が好きな子同士で、全体でさほどの人数もいないのに仲良しグループが出来上がってしまうと、まるで一生レベルのものであるように固着してしまう。

それだけならまだしも、家系代々の評判だったり、親の自治会での役職だったり——そういう諸々《もろもろ》が複雑に絡み合って、幼少期どころか生まれた瞬間からもう、しがらみ付きで何もかもがスタートするのだ。

麻由里の場合もそうだった。そして麻由里は、残念ながらその空気に馴染《なじ》むのが遅かった。何より、こういった子ども同士の付き合いではかなりのハンデとなることに——小学校に上がる頃には、麻由里はよく言えばふっくら、悪く言えば、口さがないクラスメイトの男の子たちに「ブタ田デブ里」とあだ名を付けられるような体形をしていた。

美味しいものを食べることが好きで、かわいいファッション、かっこいいアイドルグループも好き。恋だってしてみたい。が、そういうものの話で盛り上がっている、おしゃれで華やかな女の子たちの輪には、入っていく勇気がない。

同じ男性アイドルに興味を持っているらしい女の子に、勇気を持って話しかけたこともあったが、後で「さっきブタ田に話しかけられてさぁ、あいつワキと背中に汗ジミすげーの」「見てた見てたぁ。あんたと同担とかだっけ、豚のくせにキモッ」と陰口を叩《たた》かれている現場に遭遇してからは、もうこの田舎で余計な交友関係は持たずに生きていこうと決めたものだ。恋愛なんて、憧《あこが》れるのも笑ってしまうほど、夢のまた夢だった。

麻由里には歳の離れた姉が一人いて、仲は決して悪くなかったし、両親のことだって大好きだ。でも、小学校高学年になる頃には、麻由里はもう、家を出たくて出たくて仕方がなかった。家そのものというより、家のある田舎をだ。

進学自体は両親も賛成してくれたが、上京には渋い反応をされ、麻由里の成績も残念ながら努力に応じてくれず。幸い、恋人が地元にいる姉が田舎に残ってくれることが弾みになり、浪人は絶対にしないことを条件に両親を説得して、参考書と睨《にら》めっこしながら、どうにか彼らが及第点を出してくれる大学を選んだのだった。

（東京に行けば、人がいっぱいいる。それも、私を知らない人ばかりが）

試験を突破し、晴れて東京に出ると決まってからの麻由里は、それまでの自分のイメージをガラッと変えようと奮起した。扱いやすくショートに切っていた髪は、入学式までに長く伸ばしてくるくると巻き、動画を参考にかわいいアレンジを学んだ。色も明るく脱色した。怖かったけれど、穴一つなかった耳にピアスも開けた。

そして何より、地元では「おばさんっぽい」なんてからかわれていた、ふくよかな体形を変えようと奮起した。基本的におやつは食べない、甘いものは厳禁。炭水化物は抜いてタンパク質を、肉は赤身で魚は脂の少ないものを。毎日、ネットに転がっている動画を見よう見まねで筋トレに励み、田んぼの畦道《あぜみち》の走り込みまでした。

おかげで、大学に入学する頃には、それまでの麻由里を知る人からは「誰……？」と首を傾げられるくらいには、ほっそりした肢体と瓜実顔《うりざねがお》を手に入れた。姉に教えてもらったりネットの知恵を借りたりして――田舎に生まれたからこそ、文明の進んだ時代に生まれたことを感謝するばかりだ――メイクやファッションも学んだ。

三月も末になって、麻由里はようやく東京の地に降り立った。受験の時にも驚いたが、東京は何もかもが大きい。ビルも道幅も、街の喧騒《けんそう》のボリュームも、人混みの規模も。ただただ呆気《あっけ》に取られつつ、麻由里はそれでも、新しい街、新しい学校で始まった、新しい自分を謳歌《おうか》しようと試みたのだった。

そんな麻由里が「ユウくん」と出会ったのは、入学して一ヶ月ほど後だ。

新しく生まれ変わるつもりでも、そうそうなんでもうまくは行かない。引っ込み思案は相変わらずで、友達を作ろうと思ってもなかなか積極的に声がかけられなかった。特にジャンルも定めずサークルをいくつか見て回っているうちに、どこか自分に合った場所や人が見つかるかも、なんて思っていたが——甘かった。

東京はなんでも大きいだけでなく、なんでも複雑すぎる。地下鉄も地下道もまさにダンジョンで、興味本位で踏み入ってみた新宿《しんじゅく》駅など、触れてはならぬ魔境だった。

挙句のはてに大学構内でさえ、道が複雑すぎて何度も迷った麻由里だ。慣れない瀟洒《しょうしゃ》なパンプスに疲れた足は、ストッキングの下で靴擦れを起こしているのか、ズキズキ痛む。ちょっと一休みしよう……と、手近なベンチに座ったのがいけなかった。

『ねえ、あなた新入生だよね。うちの「神話を哲学する会」に入らない？』

『あ、あの、え、えっと……』

『新歓は焼肉行くんだよ。新入生は無料なの。ね、ちょっとだけ部室に寄っていってよ。話聞くだけでもさ』

幅の狭い二人掛けのベンチだというのに、麻由里が座るのを待っていたかのように隣に腰掛け、話しかけてきたのは、顔も知らない女の上級生だった。途端に麻由里はパニックになった。今までろくに友達付き合いをしてこなかったせいで、どう答えていいやらわからない。

『サークルの部室、学外だけどすぐそこだから。ね、ほら』

『え、わ、わたしっ……』

メガネをかけた優しくて大人しげな風貌《ふうぼう》なのに、やたらとギラギラと底光りする目が怖い。しかも、公認サークルなのに部室が学外とは？　戸惑ってまごついていたら手を引っ張られた。嫌だ、行きたくない――その言葉が喉《のど》に詰まった時だ。

『ごめん、待ったぁ？』

肩にポンと置かれた手があり、驚いて麻由里は上をふり仰いだ。その瞬間、「？」と目を瞠《みは》る。

（どちら様……？）

そこにいたのは明るく髪色を抜き、上背がある、柔らかそうな雰囲気の男の人だった。おそらく同い年か少し上くらいだろう。Vネックカットのサックスブルーのシャツや、石のビーズを編み込んだアクセサリーを巻いた腕はおしゃれで、「すごい、東京の人だ」と麻由里は勝手に感動した。

『この子、オレの連れなんだけど。なんか用？』

見知らぬ男の人は、麻由里の肩を親しげに叩くと、勧誘してきた上級生にぎろりと睨みをきかせた。それで怯《ひる》んだのか、彼女は慌てたように『そうだったのね、それじゃ私はこれで……』とそそくさと退散していく。

『あの、……ありがとうございました。正直ちょっとどうしようかと困ってて』

その姿が見えなくなってから、麻由里がぺこりと頭を下げると、助けてくれた男の人は『いーって全然』とにっと笑った。その顔が親しみやすくて、ドキッとする。

『それよりさぁ、気をつけなよな。あの神話を何ちゃらする会ってやつ、うちじゃ有名な宗教サークルだぜ。勧誘があからさますぎて大学から活動禁止食らって、部室も無くなったはずなのに、まだ残党がいたんだな』

『え……』

『あーやって、気のやさしそうな新入生狙いで、声かけて囲い込んでくんの。んで、なんか変だなとか思われないように、新入生同士の連絡先交換とかも絶対させねえの。タダだから焼肉行こうとか言われなかった？』

『い、言われ……ました……』

『やっぱり？　危なかったなあ。それ行ってたら、なしくずしで入らされてたから』

そんなに怖い相手だったのか。思わずサーッと青ざめる麻由里に、白い歯を見せて彼は名乗った。

『オレ、三枝裕也《さえぐさゆうや》っていうんだけど、君は？』

『あ、篠田麻由里です……』

『で、こんなタイミングだけど、……連絡先教えてもらっていい？』

『え』

今なんとおっしゃいまして。連絡先を……なに？　聞き違いかと思った。自分の口が台形になっているのがわかる。二の句が継げない麻由里に、照れ臭そうに男の人――裕也は首の後ろを掻《か》いた。

『いや、その……篠田さんには災難だったけど、オレは話しかけられてラッキーかもって。さっき見かけた時、かわいいな、って思ってたから』

（か、かわいい……？　わたしが……？　かわいい⁉）

その言葉で、麻由里はたちまち舞い上がった。かあっと頰に血が集まり、目の奥がぎゅっと熱くなる。人生で十九年弱、汗臭いとか息が荒いとかハムにできそうだと揶揄《からか》われたことはあるが、かわいいとか、ましてや「話しかけられてラッキー」などと、今まで異性はおろか同性からすら言われたことがないのに。

何は無くとも宗教勧誘から守ってくれた王子様で、よくよく見れば、顔もなかなか精《せい》悍《かん》でかっこいい。おしゃれに刈り込んだ髪も、スポーツ系の浅黒い肌も、麻由里の人生では今まで関わったことのないタイプだった。

『えっとはい、どうぞ……！』

麻由里はその場で彼と連絡先を交換し、そのまま学食でランチを一緒にとった。彼は話し上手で、どうやら二年生らしく、大学のことにも詳しい。麻由里は飽きることなく彼の話に耳を傾け、翌日も会う約束をしてその場は別れた。

お互いの名前から、「マユ」「ユウくん」と呼び合う仲になり、恋人としてお付き合いがスタートしたのも、麻由里にとってはごくごく自然で。それでいて何もかもが初めてで、ドキドキすることばかりだった。

付き合い始めて半年をすぎるまで、裕也はまさに理想の彼氏そのものだった。麻由里をまるでお姫様のように扱い、たくさん話を聞いてくれた。初体験も当然のように済ませた。気持ちを試すように昔太っていた話もしたが、『オレには今の細くてかわいいマユが全部だよ』と笑ってくれた。

彼はいつでも欲しい言葉をくれた。『マユは素直だし、いい女だ。オレ、マユとだったら一緒になってもいいかも』とも毎日囁《ささや》いてくれた。麻由里もそれが幸せで、ただ甘ったるい日々を享受した。

授業のほかは彼との予定を優先し、サークルにも入らず、友達もほとんど作らず。暇さえあれば、裕也と一緒に自宅で二人きり――ズブズブと温かく居心地の良い沼にはまり込むように、麻由里は彼に夢中になった。そうして、大学生活とは名ばかりで、日常のほとんどが裕也漬けになった頃。それは起きた。

『あー、どうしよ……仲良い店の店長が、バイトの子が飛んじゃったって困ってて』

そんな相談を裕也から受けたのは、彼が転がり込むように半同棲《どうせい》と化した麻由里の部屋で、麻由里の作った鍋《なべ》を二人でつついていた時だ。何気なく話を聞いていた麻由里は、純粋に『大変そうだね』と心配になった。

（それにしてもユウくんってすごい。大学生なのに、お店？　の店長さんに友達がいるなんて。バイトでお世話になってる人とか？）

深く考えもせずに付き合ってきたが、そういえば麻由里は裕也のことをろくに知らない。同じ大学の経済学部二年生で、実家は栃木だと言っていたが、共通の講義はどれだとか、何限から授業があるかとか。専攻に何を選ぶつもりだとか、そういう話はほとんど聞かないのだった。

学年が違うからそういうものだと思ってきた。「家賃の安さ優先で、治安が悪いところにあるボロアパートだから、とてもマユみたいなちゃんとした子を招けない」という話だったから、家にも行ったことがない。

ちらりと疑問がよぎったが、それ以上掘り進んではいけない気がして、麻由里は慌ててそれに蓋《ふた》をする。

『あー、ほんと弱ったな……オレ、店長には恩あるから助けたいんだけどさ、あの仕事、オレじゃどうにもなんねえし……はあ……』

わしわしと頭をかきむしって重いため息をつく裕也は本当に困りきっているようで、麻由里は心配になる。

『ユウくん、わたしに何かできることある？』

その言葉を聞いた途端、彼はパッと顔を上げた。まるで「待ってました」と言わんばかりかりに、手をつかまれる。

『マユ！　助けてくれる!?』

そして、善は急げと、彼は目の前でどこかに電話をかけ始めた。きっとその店長とやらにだろう。あっけにとられる麻由里をよそに、あれよあれよという間に連れてこられたのは、いつか魔境と称した新宿駅。南口を出た先の、色とりどりの毒々しいネオンサインがきつく網膜を焼く夜の街に、麻由里はぎくりとして唾《つば》を飲んだ。

『代わりの子が見つかるまででいいし、本番はなしでいいからさ』

黒いスーツを着た、ドラマの中でしかみたことがないようなゴツい髭面《ひげづら》の「店長」の隣で、喋《しゃべ》り続ける裕也の声が、まるで聞いたことのないもののように響く。

『店長の言う通りにしておけばダイジョーブだから！　ほんと、お前だけが頼りなんだよ！　……ってわけで頼むな、マユ！』

＊

そこから、麻由里にとって悪夢のような日々が始まった。

初日に「お店」の奥に連れて行かれて、別人のように見える彼氏と、筋肉質な黒服に囲まれたまま、ろくに話も頭に入らないで雇用契約書にサインしてしまった。

その「お店」はいわゆるソープランドで――働き始めてから麻由里も初めて知ったの

だが、ソープというのは本当に形式的には「お風呂《ふろ》」であり、そこで「偶然出会った男女が恋に落ち」、「合意の下にそういう行為に及ぶ」という体裁で成り立っているらしい。

初めて取らされた客は、恋に落ちるも何も、汚らしい腹がでっぷりと突き出した中年のサラリーマンだ。肌はどこもかしこも毛むくじゃらで――「本番」こそなかったものの、麻由里は終わった後、トイレにこもって吐いてしまった。吐くものがなくなって胃液ばかりが喉《のど》を焼く感触に、だんだん「自分は何をしているのだろう」という気になってくる。

『ユウくん、わたしやっぱりできない……』

どうしてこんなことさせるの。何考えてるの。ユウくんはわたしが大事じゃないの。そう言って泣きじゃくる麻由里に、裕也は深くため息をついた。

『……マユはさ、オレのこと好きじゃないんだ？』

『え？』

まさに、同じ内容で問いかけようとした言葉を逆に問われ、麻由里は愕然《がくぜん》として彼の顔を見つめた。その、いつもと同じ顔立ちの中にあって、同じ人とは思えないほど凍《い》てついてこちらを見下す瞳《ひとみ》を。呆《あき》れたようにひしゃげた口を。

『店長はオレがマジに世話ンなった人で、とにかくあのひとが困ってたらオレは助けたいんだ。オレ、マユの話聞いたり、マユのこと支えてきたつもりだったけど……マユはオレが困ってても、助けてくれないんだな』

『そんな、ことっ……』

『オレだってさ……他の女になんて頼めねえよ。でも、ひょっとしてマユだったら、って思って頼んだのに。あーあ、……ほんと。ガッカリ』

冷え切った声が、鼓膜を突き刺す。その瞬間、麻由里は掌《てのひら》に爪が食い込むほどに拳《こぶし》を握り固めた。

（このままじゃ、ユウくんはいなくなっちゃう）

捨てられてしまう。そう思った瞬間、足元が崩れ落ちるような恐怖に見舞われる。

『……やる』

『え？』

『だって、それがユウくんのためになるんでしょ？　……じゃあ、やる……』

彼に捨てられるのは、それほどまでに恐ろしかった。だって、麻由里には何もない。両親に頼み込んで東京にまで出て、一年もかけて。彼以外に、何も得ていない。その裕也を失ってしまったら、自分は。

必死に縋《すが》ってしまったことが正解だったのかなんてわからない。でも、その瞬間にそれまでの冷たい空気をウソのように霧散させ、『マユならそう言ってくれると思ってた』と抱きしめてくれた腕の温かさに、麻由里はボロボロと泣いた。

涙の由来するものが、安堵《あんど》なのか恐怖なのかも、もうわからなかった。

学業を圧迫しない程度に組むからと言われていたシフトは、いつの間にか明け方までぎちぎちに詰められるようになっていた。営業と称して、短文SNSで裏アカウントを作成して、際どい自撮り写真と共に毎日卑猥《ひわい》な内容を呟《つぶや》かされるようになり、そこに絡んでくる顔も知らない相手に、無償でぎりぎりのコメントを返して相手をさせられる。締めの決まり文句は「お店に会いにきてね」だ。

実際に要求される「コース内容」も、だんだん過激になっていった。それらに麻由里自身の意思はほとんど介在されず、ほとんどが裕也と「店長」の一存で決められてしまう。今は勘弁してもらえているけれど、「本番」だっていつ求められるか。何せ、ここは「偶然に恋愛に発展した男女に、場所を提供する」だけの店なのだから。

こういう商売はまとまったお金が入ると思い込んでいたが、月々麻由里がもらうのは、塾講師のバイト料程度の額だ。こんなに気持ち悪い、出勤するたびに自分が汚れていくような仕事でも、これっぽっちしか出ないのか。嘆息する麻由里に、裕也は「不景気が長いから、夜の仕事でも稼ぎがシケてて嫌になるよな」と同意してくれた。

『もうやめたい』

麻由里が泣き言を漏らすたび、裕也は時に優しく諭し、時に冷たく突き放した。

『マユには本当に助けてもらってる。代わりの子が見つかるまでだから』

そんなふうに肩を叩《たた》いてくることもあったが、『ふざけんなよ、何かできることがあったらなんでもやるっつったの、マユだろうが！』と怒鳴ってくることもあった。交互に使い分けられる飴《あめ》と鞭《むち》に、麻由里はだんだん正常な判断能力を失っていった。

しかし。一番恐ろしかったのは、つい昨日のこと。両親のことを持ち出して脅された時だ。

『たとえばの話なんだけどな。……こんなことやってんの、マユのお父さんとお母さんが知ったらどう思うだろうな？』

そう言いながら裕也が見せてきたスマホに表示されていたのは、「お店」のドアから出てくる麻由里の写真だ。疲れ切ったその顔は、どう見ても「お仕事」を終えてきた風俗嬢そのもので。

(こんな写真、いつの間に……！)

『消して！』

金切り声で叫んでスマホを奪おうとしたが、『暴力とかやめろよ！』と身を捩《よじ》った裕也の頬に、爪がかすってしまった。つ、と血が一筋流れ、麻由里は青くなる。

『ごめん、わざとじゃ……』

『うわぁあ！　いてぇ！　いてぇ！　いてぇえ！』

頬を押さえて、裕也は大袈裟《おおげさ》なくらい転がり回った。——病院には行かずに済ませてくれたが、これで麻由里は、逃げるタイミングを逸してしまった。

それどころか、こんなふうに人に危害を加えたら、刑事罰の対象になると言うのは、麻由里にもぼんやりと予想がつくことだ。どうしよう、と震える麻由里に、彼氏であるはずのその人は、冷たく言い放った。

『マユ……これって傷害罪じゃん？』

まさに考えていた言葉に、ごく、と己の喉が唾を飲み下す音が、嫌に大きく響く。

『病院行って、お前にやられたって言ったら、前科つくっしょ。大学とかさ、続けたいなら、やばいんじゃね？』

『……』

『ケーサツには言わない代わりに、条件があるんだけど』

そうして裕也に告げられた条件が、――当初させないと言っていたはずの「本番」行為の解禁だった。

＊

（わたしが悪いんだから、わたしがどうにかしなきゃいけないのに……）

どこで間違えてしまったんだろう。大学に入ってからの生活の急変ぶりを思い出しながら、麻由里は唇を噛《か》む。スマホのメッセージアプリには、すでに何十件と裕也からの連絡が届いており、着信履歴にも鬼電の跡がある。

最初の相手として選ばれたのは、本指名をいつも麻由里に入れる太客だ。還暦に近いだろう髪が薄くなったその男は、どこにでもいる会社員そのもので。麻由里と同じくらいの娘がいてもおかしくない。それこそ「際どい」行為なら、もう何度もした相手だ。人には言えないところを触らせもしたし、触りもした。でも、「本番」となると話が違う。

自分で蒔《ま》いた種なのだから、唯々諾々と従うしかなかったはずなのに。個室に入るとどうしても怖くなって、麻由里は相手を突き飛ばし、そこから逃げ出した。

スマホだけは持ってきたが、鞄《かばん》ごと財布も家の鍵《かぎ》も、何もかも店に置いてきてしまった。そして——今に至る。

恐々と立ち上げたスマホは、待ち受け画面に届いたばかりのメッセージの冒頭が表示されている。ちょっと見ただけでも『自分で引き受けた仕事もできないなんて』『こんなにワガママで人に迷惑かける女はじめて』などの文言が並んでおり、思わずひゅうっと息を呑《の》んで裏返す。

田舎者で、もと「デブス」で。中途半端で、何もできない。

結局、裕也に抱いている感情がなんなのか、恋愛なのか執着なのか。どうしてここまで堕《お》ちているのか、麻由里にももう、わからないのだ。何も。

(誰か助けて……)

すえたにおいの漂う歓楽街の裏道で、大きな業務用ゴミ箱に寄り添うようにうずくまりながら。麻由里は涙を指先でぬぐい、スマホを見つめた。充電が切れかけで、残量バッテリー表示の赤色に不安を煽《あお》られる。

（でも……助けを求められる人も、いない……）

大学に入ってから、麻由里の生活は呆れるほどに裕也一色だったのだ。彼のために美味《おい》しいご飯を作ったり、一緒に出かけたり、似合う服を探したり。そんなことばかり考えてきた。どうしてこんなことに。それを麻由里が一番聞きたい。自分に、訊《き》きたい。

（どうしよう、どうしよう。……いっそ消えちゃいたい。このまま）

走って逃げてきたが、狭い歓楽街の中のこと、店は目と鼻の先だ。通知音すら恐ろしくなってメッセージアプリも着信履歴も見る気になれず、さりとてスマホの電源を落とすこともせず。現実逃避に走るしかなくて、麻由里は首を振る。結局開いたのは、使い慣れた短文SNSだ。そちらには裕也からの返信はついておらず、ホッとする。

タイムラインの一番上にあるのは、このところフォローしている、とあるアカウントのつぶやきだった。少年じみた笑みをうかべる青年の顔写真のアイコンが、ブルーライトを纏《まと》って画面に浮かび上がっている。

（あ、……この人、また新しいお料理動画アップしたんだ……）

夜職を始めてから、SNSの裏アカウントを運営する傍ら、「ユウくんの好きなご飯を作りたい」と、料理アカウントをフォローしたのは、迫り来る何かへのせめてもの抵抗だった、……気がする。名前の通りの、自分と同じ、大学生の男の子が運営するお料理動画チャンネルだ。

とても整った顔立ちをしているはずなのに、三枚目キャラといえるほどひょうきんで。

どこか抜けていて、柴犬に似た馴染《なじ》みやすい雰囲気を持つ青年のアカウントは、「料理好きの男子大学生」という。初回から「お肉大好き」を公言し、呆《あき》れるほど一貫して肉料理ばかり紹介しているが、彼のレシピで作ったハンバーグはふっくらとしているのにジューシーで食べ応《ごた》えがあり、裕也にも好評だった。

同じアカウント名と、シュンというハンドルネームで、動画チャンネルの他に短文SNSも運営している彼に、麻由里は直接メッセージを送ったことはない。「料理好きの男子大学生」にはすでに二千人あまりのフォロワーがいて、そこから際どい内容と写真ばかり上げている、明らかに〝そっち系〟の商売絡みと思《おぼ》しき裏アカウントにフォローされたところで、スパムアカウントと勘違いされて終わりだろうからだ。今現在ブロックされていないだけでも御の字である。

似たような年頃の、かっこいい男の子が運営している、お料理動画チャンネル。明るく料理の解説をしているシュンは、どこまでも健全で健康的な雰囲気で、「ああ、いいなあ」と麻由里は思ったものだ。

いいなあ。同じ、大学生で。きっとこんな、ゴミ溜《た》めのような街の、夜のにおいなんて嗅《か》いだこともないのだろう。少し前までは、自分だってそうだった。

(彼とわたしの違いは、一体なんなんだろう……)

もう終電の時刻も過ぎてしまった。財布はスマホでどうにか代替できても、充電がすぐにでも切れそうだし、鍵もないから家にも帰れない。何より、逃げ切る覚悟もない。

顔を覆ってうずくまった麻由里の肩に、ぽつ、と雫《しずく》が落ちてくる。

（あ。――雨）

最初はぽつぽつと遠慮がちだった雨脚も、次第に強まり、あっという間に本降りになった。肌寒い季節に、店で客の相手をするための露出の多い化繊のドレス一枚で飛び出してきたので、冷気は皮膚を直《じか》に突き刺してくる。全身を大粒の雫が濡《ぬ》らすたびに、歯の根が合わなくなりそうになる。

（どっか雨宿りできるとこ……）

集中豪雨、何もこんな時に来なくてもいいのに。ここまでツイていないと、少し笑えてくる。ずぶ濡れになりながら立ち上がり、ふらふらと麻由里は歩いた。声をかけてくる人もいない。雨のおかげで自分を捜す裕也も足止めを食らっているのかもしれない。それだけは幸運だったとしても、それで、果たしてどこに行けばいいのか。誰に助けを求めればいいのかもわからない。

（大人しくお店に戻ろうか……）

足が止まりかける。――と。

その時だった。

「――お姉さん、大丈夫ですか⁉」

急に、正面に影が差したかと思うと、大きな声で呼びかけられ。麻由里は、はっと息を呑む。

「え……」

誰かが、前から傘をさしかけてくれたのだ。それがわかって、麻由里はノロノロと顔を上げる。そして、視界に飛び込んできた急な情報に、思わずこぼれるほどに目を見開く。今鏡を見たら、きっと間抜けな顔をしているに違いない。

「……『料理好きの男子大学生』⁉」

全体的に色素の薄い髪と瞳《ひとみ》の、同級生の女の子たちが昔熱を上げていたアイドルグループに在籍していてもおかしくないような、整ったルックス。だぼっとサイズオーバー気味なベージュの薄手のニットカーディガンを羽織り、びっくりするほど長い脚には、カーキ色の細身なチノパン。大きな黒いリュックサックを肩にかけ、首にはメタリックブルーのワイヤレスヘッドフォン。

いかにも普通の大学生そのものの格好で、彼はそこに立っていた。

(な、なんで……⁉ 本物？ 本人？ 東京の人だったの？ なんでこんなとこに？)

混乱する麻由里の前で、彼――シュンも同じく、大きな琥珀《こはく》色の目を瞠《みは》っている。

「え、僕のアカウント名？ なんで？」

ポカンとしたように呟《つぶや》くと――なんだか心配になるくらい素直な人なんだろうな、と麻由里は切羽詰まった状況にもかかわらず悟ってしまった――シュンは「あっ」と、傘を持っていない方の手で、麻由里を指差した。

「ひょっとして……まゆりん、さん？」

およそ声に出しては呼ばれたことのない、裏アカウントで使用している名前で呼びかけられ、今度は麻由里の方がギョッとする。それこそ、「なんでそのアカウント名を」だ。彼にとっては数ある怪しげなスパムのうちのひとつでしかないはずなのに。なぜ認識されているのか。

「なんで名前知ってんの……？」

驚きをそのまま疑問にしてしまった麻由里に、料理好きの男子大学生ことシュンは、

「あ、す、すみません！」と慌てて指を引っ込めた。

「えっと……まゆりんさん、フォローしてくれてますよね。僕、フォロワー少ないから、よく反応くれる人のアカウントはチェックしてるんです。まゆりんさん同い年だから気になっちゃって」

「よく反応くれるって……」

確かに、ついついお気に入りのレシピに「いいね」のハートマークをつけたこともある。それにしても、ガーターベルトを穿《は》いた脚やら、ブラジャーのレースがはみ出した胸の谷間のアップやら、あまりに怪しすぎる写真と卑猥《ひわい》な文言に溢《あふ》れた麻由里の裏アカウントを、そんなまさか。それにしたって、いきなり麻由里が「まゆりん」とまで特定できないと思うのだが。

怪訝《けげん》な気持ちは表情に出ていたらしい。彼は、「びっくりさせてたらごめんなさい」と頭を下げた。

「夜のお仕事やってる人で、いいねくれるフォロワーさん、まゆりんさんしかいなくて。本業も同じで大学生だってプロフに書いてたし。それで、なんとなく覚えてたんです。で、さっき僕のアカウント名を当てられて、今の格好もお仕事関係っぽかったから、そうなのかなーって」

頬をかいて申し訳なさそうにするシュンに、うっかりと「そういうことなら……」と納得してしまいつつ、麻由里はまだどこかぼんやりとしていた。ちょうど彼のことをSNSで見ていた矢先に、まさかのご本人が登場するとは。どういう展開なんだ、これ。

「それよりどうしたんですか、こんなところで！　びしょ濡れじゃないですか」

一転して、シュンは顔を顰《しか》める。問われても、どうと答えることもできず俯《うつむ》く麻由里の前で、彼はハッとしたようにカーディガンをゴソゴソと脱ぎ始める。

「僕が着てたやつで生ぬるくて申し訳ないんだけど、これ！　風邪ひくんで、そのままじゃ」

「え、……あ、ありがと……ございます？」

ベージュ色のカーディガンを突き出すように手渡され、麻由里は驚きつつも受け取ってしまった。脳がすっかり雨で冷却されてしまって、うまく働いてくれない。寒いから助かった、……それだけしか浮かばず。麻由里は緩慢な仕草で、彼が差しかけてくれた傘の下で大きなカーディガンを羽織った。関節が残らず錆《さ》びついたように、体を動かしづらい。

ついでにタオルハンカチやら、傘の持ち手やらを「どうぞ」とこちらに差し出してくれながら、――傘を持たせてくれたのは、麻由里が知らない男性とこれ以上密着するのを嫌がるかもしれないという配慮によるものだとは、ややあって気づいた――シュンは再び苦虫を噛《か》み潰《つぶ》したような顔をした。

「まゆりんさん、大丈夫……って感じじゃないですよね」

「……」

再び俯く麻由里は、この状況をどうしよう、とずっとぐるぐると悩んでいた。

（まさか、会ったばかりの人に助けてくださいなんて言えるはずもないし。第一、助けてって、一体誰から……）

こうしているうちにも、今にも自分を捜す裕也の声が聞こえてきそうで、それも恐ろしい。ゲリラ豪雨はやはり一時的なものだったらしく、雨脚は弱まってきている。

「まゆりんさん……。あの、よければ、なんですが」

唇をキリリと噛んで目を伏せた麻由里に、しばらくためらうように頭の後ろを掻《か》いた後に。シュンは唇を開き。

「僕、実はこの辺で人と会う用事があったんですけど。道に迷った上に約束ドタキャンですっぽかされちゃいまして。早い話、めっちゃ暇なんです。よりによってこの時間に。この場所で」

いきなり謎の激白をくれた。

「……は？」

思わず呆気《あっけ》に取られて素の返事をしてしまう麻由里の様子にややびくつきつつ、シュンはこんな提案をしてきた。二十四時間営業のファミレスの名前を挙げ、一言。

「なので、雨止むまで、ドリンクバー付き合ってもらえませんか。もちろん奢《おご》るんで！」

コーヒーの一杯でも、と言わないあたりが都会の現代っ子だと、麻由里は変なところで感心していた。

＊

おそらくシュンは、麻由里が追われている現状を察していたのだろう。通りを歩く時は自分の体で衆目から隠すようにしてくれ、ファミレスの場所も最寄りではなく、少し歩いた場所にしてくれた。

濡れた化繊ドレスが肌に張り付く感触は気持ち悪かったが、暖かな店に入り、タオルハンカチで水気を拭《ふ》き取ると、やっと人ごこちがついた気がする。

四人がけのボックス席に座って、シュンの運んできてくれたホットコーヒーを一口含んだとたん、麻由里はなんだかじわっと涙が溢れてきた。

「え、ごめん、まゆりんさん」

気の毒なのはシュンで、いきなり目の前で初対面の麻由里が泣き出したもので、訳もわからず焦ったように謝罪してくる。

「こっちこそごめん、あなたにはカンケーないのに。いきなり泣き出して、気持ち悪いよね」

先ほど同い年と聞いていたこともあって気が緩み、ついついタメ口をきいてしまう。

オロオロしていたシュンは、グッと唇を引き結ぶと、「ううん」と首を振った。

「気持ち悪くなんてないです……じゃなくて、ないよ。あと、まゆりんさんが悪いことして逃げてきたって感じにも見えないんだけど……。むしろめちゃくちゃ困ってるようなー……ええと」

しばらく視線を彷徨《さまよ》わせた後、シュンは「あの」と口を開いた。

「僕、こっからそんなに遠くない大学に通ってて。さっきも言ったけど、まゆりんさんと同じで、今年二十歳。本名は佐藤駿《さとうしゅん》」

「え？」

いきなり個人情報を暴露するシュンに、麻由里はぎょっとする。こんな見ず知らずどころか怪しい裏アカウントを運営する女に漏らしていいのか、それは。疑問はそのまま表情に出ていたらしく、シュンには「いや……」と頰を搔かれた。

「どう見たって訳あり、だしさ。事情、聞いちゃダメかなって……思ったけど、名前も知らないやつに話すの、気持ち悪いかもだから。一応自己紹介をって……あ、僕が勝手に喋《しゃべ》っただけなんで、まゆりんさんが名乗る必要は全然」

（ああ、そっか）

唐突に麻由里は悟った。

あんな夜の街のど真ん中で、こんな格好の女がずぶ濡《ぬ》れで一人歩いていて、ゴシップ的な意味で気にならないはずはないのに。彼は、――根掘り葉掘りきいてはいけないと、精一杯の気遣いをしてくれたのだろう。傘もカーディガンもハンカチも、このファミレスで飲んでいるコーヒーだって。きっと、普通に、ごく当たり前のように、麻由里のことを心配してくれている。

助けたままスマートに連絡先を聞くわけでもなく、どこか不器用さを含んだそれに。久しぶりに触れる人の優しさに、じわっと胸が熱くなり、麻由里の頰に新しい雫《しずく》が伝った。

「……わたしは、篠田麻由里。同じくもうすぐ二十歳で、本業も……プロフの通り、同じ大学生なの。こんなところで働いてるのは……」

気づけば麻由里は、ポツポツと身の上話を語って聞かせていた。

太っていて友達もできず、恋愛もろくにできなかった暗黒の高校時代から脱出したかったこと。念願かなって東京で大学デビューを果たし、初めてできた彼氏としばらく楽しい時間を過ごしていたはず、だったこと。その彼氏から、今受けている仕打ちのこと。

話しているうちに、だんだん次から次へと涙が溢れてきて、借りたタオルハンカチを使うのも申し訳なく。麻由里は卓上の紙ナプキンを束で摑《つか》んで、勢いよく洟《はな》をかんだ。

話しすぎて喉《のど》が渇くたび、シュンは「ちょっと待って」と甲斐甲斐《かいがい》しくドリンクバーに通っては、あたたかいお茶や甘いジュースを仕入れてきてくれる。

礼を言ってそれらを飲みながら、麻由里は話し続ける。恐怖も辛《つら》さも胸の痛みも、一度自覚してしまうと、もうだめだ。堰《せき》を切ったように、言葉も涙も止まらない。

そして、しゃくり上げながらの鼻声で、お世辞にも話し上手とは言えない麻由里の話に、シュンは時折相槌《あいづち》を打ちつつ、じっと耳を傾け続けてくれた。

「……それで今、本番を常連のおっさんとするよう言われて、怖くなって店から逃げてきて……でも、鞄《かばん》ごと財布も家の鍵《かぎ》も全部、置いてきちゃったから。行くあても帰る場所もなくて……」

そこまで一気に話した後、それ以上は続きがないことを示すように、つい顔を俯《うつむ》ける。

「バカみたいでしょ。ああいう商売って、裏でいろんなところと繋《つな》がってるから、首突っ込むだけ損だと思うし。笑い話のネタにでもしてもらえたら、いいんだけど」

自嘲《じちよう》を混ぜて締めくくろうとしたところで、がたん、といきなりシュンが立ち上がった。

「え？　お手洗い？」

あまりに唐突だったので、つい間抜けな問いかけをしてしまう。しかし、シュンは真顔で「違う違う」と首を振った。

「まゆりん……じゃなくて、えっと、篠田さん。ちょっとだけ、ここで待っててくれる？　けどオープンな場所じゃ彼氏さんに見つからないか、居続けるの抵抗あるかな。怖くなったら出てもいいように、代金はここ、置いてくし」

「へ？」

何を言おうとしているのだ、と混乱する麻由里に、シュンは一度眉根《まゆね》を寄せると、「ここまで聞いたんじゃほっとけないよ」と頷《うなず》いた。

「篠田さんの鞄、取り返してきます。店の位置はさっき篠田さんがいたあたりで、店名はさっき言ってた〝にゃんにゃんくらぶ〟で合ってる？」

「あ、合ってる……けど、ええ!?」

「おっけ。彼氏さんとは鉢合わせしないようにうまいことやるから。濡れた服、寒かったら、ちょい多めにお金置いてくし。コンビニで服買って、適当なネカフェとかに入ってて。移動しても僕のアカウントにDMくれたらわかるから。んで、念のため。こっちが通話可能なアドレス」

言うが早いか、彼は筆箱からボールペンを出して紙ナプキンにさらさらと電話番号らしき数字を書きつけ、お金を添える。そのままリュックを肩にかけるや否や、テーブルを後にしてしまった。

（うっそお……）

風のようだ。まさに「シュン」という名前通りの俊足に、麻由里はただ、呆気に取られて目をパチクリさせるしかなかった。

＊

ちょい多めと言いつつ、彼が置いていったのは、万札《まんさつ》が二枚である。断じて「ちょい」ではない。渡されたお金で言われるがまま支払いを済ませたり服を買ったりするのも憚《はばか》られ、どうしようどうしよう、と迷いつつ、麻由里は結局ファミレスに留《とど》まった。

そぞろな気を落ち着けるべく一杯だけホットココアのおかわりをさせてもらい、いつの間にか電源の落ちてしまったスマホを指でいじり回す。借りたままのカーディガンが、やけに温かく感じられる。

果たしてシュンは、一時間も待たないうちに戻ってきた。自前の黒いリュックの他に、見覚えのある白とピンクの合皮製トートバッグを肩にかけた彼に、麻由里は声を上げる。

「わたしの鞄！」

「はい、どうぞ。合っててよかった」

にこ、と軽く苦笑して、シュンは取り返してきた鞄を麻由里に手渡してくれる。そうすると、彼の顔立ちの整いぶりが際立って、麻由里はどきりとした。出会った時は裕也もかっこいいと感じたけれど、なんというか、シュンはレベルが違うのだ。

そういえば前に歳の離れた姉が、好きな男性俳優のグラビアを眺めては「作画がいい」と褒めていたことがあった。果たして人間の顔に作画とは……？　と呆《あき》れていた当時とは違い、今更ちょっとだけ姉の気持ちがわかる気がする。なんというか、生で対面なのに、作画がいい。

(はっ。そんなこと感心してる場合じゃなくて)

「あ、ありがとう……!」

慌てて頭を下げる。「中身も念のため確認してみて」と言われて恐る恐る開いてみたが、何か抜き取られた形跡はなく、財布の中身も揃っていたし、鍵も入ったままだった。

(あ、でも……)

このまま帰ったところで、裕也とは半同棲《どうせい》状態なのだ。麻由里の暮らす学生マンションには鍵の譲渡に関する規定があって、合鍵こそ渡していないけれど、ひょっとしたら彼が迎えに来るかもしれない。そんな不安を読み取ったように、シュンは肩をすくめた。

「彼氏さんとは会わなかったよ。それで多分、今日は篠田さんちにも戻らないんじゃないかって話。……って、誰に聞いたかっていうと、店長さんと話せたからなんだけど。で、篠田さん、今日はもう上がっていいって。しばらく仕事も休みでいいってさ。見た目ゴツかったけど、話してみたらそんなに悪い人じゃなかったなあ。なんか、心配してたよ。彼氏さんに言われて、篠田さんが無茶な働き方してるんじゃないかって」

「……!」

「店長さんがそう言うなら、彼氏さんがゴネたところで、今日はもう何もしようがないんじゃない?」

これでよかったかな、と。眉尻《まゆじり》を下げて肩をすくめるシュンに、麻由里はまた、涙腺《るいせん》が熱くなってきた。ドリンクバーで摂取した水分、全部目から消費している気がする。

「ほんっとうに、……本当に、何から何まで、ありがとう……！」

思いっきり、テーブルにつくほど頭を下げる麻由里に、「え、いやそんな、僕は別に」とシュンはあたふたしている。

「シュン、……さんがこんなにいい人だったなんて。しかもいきなりめちゃくちゃにお世話になりすぎちゃったし……ドリンクバーはちゃんとお金払うから。じゃなくて、えと……何かお礼できない？」

ここまでしてもらって、何もないでは済ませられない。

感謝しつつ恐縮する麻由里に、目を瞬《しばた》かせると、シュンはコテッと首を傾げた。

「お礼……？」

「そう、お礼。ほんと、できることならなんでもするから」

「なんでもって……んー。そういうこと、あんまり気軽に言うのどうかと思う。また変なのにつけ込まれたらアレだし……ってのはさておき」

しばらく顎《あご》に手をやって思案した後、シュンは「思いついた」と顔を上げた。

「じゃ、今度よかったらスタジオに遊びに来てよ」

「スタジオって……『料理好きの男子大学生』の動画撮ってる？」

「そう」

明るい色合いの瞳《ひとみ》を輝かせ、シュンはニコニコしている。

「ご飯作るから食べにきて欲しいな。もちろん動画には出なくて大丈夫。自分の作った料理を、誰かが美味《おい》しそうに食べてくれるの、見るのが好きなんだ」

「え、じゃあ材料費とか買い物とか」

「いらない。動画で使う料理だから、全部経費計上だし。材料調達も自分でする派」

「でも、ご飯を作ってもらって、食べるって……。それが……お礼……？」

「そう」

相変わらず、シュンは掛け値なしの満面の笑みで、全く他意があるようには見えない。しかし。

(変だよ。だってわたししかいい思いしてないじゃん。いくらなんでも、そんなのでぉ礼になるはずが……あ、そっか。ひょっとして、ついでに無料《タダ》で一発やらせろ的な？)

ぼんやりと思い至り、麻由里はなんとなく納得した。聞けば、スタジオといっても貸し出しの調理専門スタジオではなく、普通のマンションの一室を借り上げているらしい。疑惑程度だったものが、じわりと確信につながる。

「作りたいメニューあるから、準備に一週間くらいかかるとして……来週どっか、都合いい日ある？　後でスタジオの場所送るね」

次々に先の算段を立てては楽しげに話を続けるシュンの様子とはさかしまに、麻由里は、熱を取り戻していた心臓がまたしても徐々に冷えていくのを感じていた。

（……なぁんだ）

同じか、この人も。裕也と同じように、麻由里を搾取していくのだろうか。そういえば裕也と出会った時も、怪しげな宗教サークルの勧誘から庇《かば》ってもらったのだった。

（なぁん、だ。そっか。つくづく、ついてないなあ、わたし。……でも、シュンさんにお世話になったのは確かだもんねえ）

見苦しくない程度に痩《や》せといてよかった。せめて、搾り取れるものが、何かまだこの身に残っていたらいいけれども。

自虐まじりの独白を胸にしまいこみ、麻由里は正面で笑う青年に、「ありがとう。それじゃまた、行けそうな日の候補送るね」とぎこちなく微笑み返したのだった。

＊

一週間後、聳《そび》え立つという表現がぴったり合うタワーマンションの高層階で、どこまでも続くように感じられる廊下を歩きながら。麻由里はひたすら度肝を抜かれていた。

「す、スタジオってここ!?」

「ここ」

地方の穀倉地帯で生まれ、田んぼに囲まれて育ってきた麻由里としては、今までの人生で入るどころか入り口付近に立つことすら想像もしなかった場所だ。

麻由里の問いに、シュンはニコッと笑って頷《うなず》いた。ごく当たり前のように案内されるからついてきてしまったが、さっきから背中が冷や汗でびしゃびしゃだ。

（やばい。やばいとこ来た。なんかロビーが超高級ホテルみたいだった。てか謎の喫茶スペースあったし。フロントの人？　みたいなお姉さんとかいた！）

「シュンさんって、ひょっとして物凄《ものすご》いお金持ちだったりとか……」

「あはは、どうだろ。着いたよ、この部屋」

軽く笑って受け流すと、シュンはそのまま一室に通してくれる。おっかなびっくり、瀟洒《しょうしゃ》な内装にびくつきつつも麻由里も靴を脱いだ。ここまで来てしまうと、もう「なるようになれ」という気持ちだった。

「いつも撮影してる人いるっぽいよね？　わたし邪魔にならないかな」

「うん。編集もその人がしてくれてるんだけど、もう先に帰ってるよ。忙しい人なんだ」

その言葉で、麻由里は「ああやっぱり」と顎を引く。相方を帰しているということは、つまりまあ、ソウイウコトなのだろう。せめて、男二人で遊ばれる、なんて事態にならなくてよかったと思うべきだろうか。

「はい、どうぞ。お好きな席に、っても二つしかないけどね」

しかし、通されたのは寝室ではなく、動画で見慣れたアイランドキッチンを奥に望むダイニングだった。木目調の洒落《しゃれ》たテーブルには生成《きな》りのクロスがかけられており、深いブルーのランチョンマットが敷かれ、オレンジ色のナプキンに銀のカトラリーが整然と並べられている。ドアをあけた途端、濃厚なソースの匂いが漂ってきた。

麻由里は驚いてしまった。目的が別だと思い込んでいて、食事が実際に用意されていると思っていなかったのだ。

（へ……？）

まさか本気で、ご飯をご馳走《ちそう》になるだけ？　そんな馬鹿な……と麻由里が立ちすくんでいると、「あ」とシュンが手を打つ。すわ今度こそ、と肩をびくつかせる麻由里に、予想に反してシュンはへらっと気の抜けた笑みで頬を掻《か》いた。

「食べるんだから手、洗った方がいいよね。ごめん気がつかなくて」

「え、あ、うん……」

いや違うそうじゃなくて、と首を傾げつつ、案内されるまま綺麗《きれい》に片付けられた洗面所を借りる。室内に入った時から感じていたが、さすがスタジオというか、どこもかしこもきちんと整頓《せいとん》されていて、まさにモデルルームという表現がしっくりくる。くつろぐためのスペースがあるようには思えず、そもそも人に見せることを前提にした部屋のような気がした。もっとも、撮影で映るのはキッチンだけなのに、面白いこだわりだと麻由里は妙なところで感心する。

促されるまま椅子を引いたテーブルの中央には、花瓶があった。色とりどりの大輪の花が生けられたそれに、麻由里は目を奪われる。

「わ、お花きれい！　なんて種類なの？　動画の時映すのキッチンばっかで、こっち出ないのもったいないくらい」

「まじ？　ありがとう！　ま、今日は篠田さん来てくれるから飾っただけで、いつもはあんまりしないんだけどね。でっかい赤とか紫のやつがアネモネって花。で、花だけだとなんか視覚的にうるさいっていうかドカーンってくる気がして、緑成分でクローバーも入れてあるよ」

「……クローバーってお花屋さんに売ってたっけ？」

「いや、マンションの裏でむしってきた。ごめん」

「プッ！」

真剣な表情で「ここはオフレコに……」と口元に人差し指を添えるので、思わず麻由里は噴き出してしまった。それでだいぶ、緊張がほぐれてくる。すかさず「パンとライスどっち？　どっちもアリ」と問われ、「じゃあご飯……」と反射で答えてしまう。

彼は麻由里をテーブルで待たせると、キッチンに向かいがてら、近くのカゴに置いてあった黒いエプロンを身につけた。動画でよく見るスタイルだ。すると、柴犬《しばけん》じみて懐っこく柔らかかった雰囲気が、どこか引き締まる気がして、麻由里まで姿勢を正す。シュッという衣擦《きぬず》れの音が、妙に色っぽく感じられ、心臓をざわつかせた。

こちらに顔を見せるタイプのアイランドキッチンなので、作業に勤《いそ》しむシュンの顔はよく見える。手元を注視している琥珀《こはく》色の目は真剣で、思わず見惚《みと》れた。

「はい、どうぞ召し上がれ」

調理自体は済んでいたようで、あっという間に目の前には湯気のたつ皿が並べられた。白い深皿の中央で美味しそうな香りを放つそれを、麻由里は凝視する。真っ先に目を引くのは、赤茶色の表面が美しく照り映える、ゴロゴロと入った大きな塊肉だ。

「……ビーフシチュー？」

「本場のフランス風にいうとシチューじゃなくてラグー、かな。ガルニ――付け合わせのことだけど――は、茹《ゆ》でたアスパラガス、マッシュポテト、キノコと二色パプリカのソテー。ついでにキャロットラペ入りグリーンサラダ。そっちのコンソメスープも、キューブじゃなくて同じガラから出汁《だし》取ってるからおいしいよ」

仕上げに、リクエストのご飯もことりと置かれる。白米よりも十五穀米が好みだと言ったら、それにしてくれた。ビーフシチューのなめらかなデミグラスソース色に、赤、緑、黄も揃った、なんとも彩り豊かで目に楽しい食卓だ。「冷めないうちに」と勧められ、相変わらず狐につままれたような心地で、麻由里はスプーンを手に取りかけた。

途中で、このお肉の分厚さだと、ナイフとフォークが妥当だと持ち替える。しかしそれは、どうやら判断違いだったらしい。ナイフで切っている感覚などないかのように、ほろほろと肉が崩れる。これならスプーンで十分だ。もう一度スプーンで、断面に細かな繊維が見える柔らかな肉と共にクリームのかかったシチューを掬《すく》い、口に運ぶ。

（お、美味《おい》しいっ！　なにこれ、お肉柔らかっ！　甘っ！）

噛《か》まなくても飲み込めるんじゃないかというそれを舌の上で転がした後、名残惜しくも飲み込むと、同時に鼻にふわりとソースの香りが抜けていく。なんとも言えない深くて滋味のあるそれに、麻由里は夢中になった。

付け合わせのどの野菜とも相性が抜群で、あれと組み合わせて食べて、今度はこっちで、と考えるのも楽しい。口の中がくどくなる前に、お米で中和する。

途中思い出して手を付けたサラダも、新鮮なサニーレタスや千切り人参《にんじん》の歯ごたえがシャキシャキと楽しく、すりごまの入った和風ドレッシングが程よい酸っぱさで。ガラから煮出したというコンソメスープも、飴色になるまで炒《いた》めた玉ねぎが甘く、ほっとする口当たりだ。模様を彫った高そうな青いグラスにお水も注がれていたけれど、この味を水で消すのはあまりにもったいない。

「すごく美味しい！」

もうほとんどなくなってしまったお皿を前に、麻由里はそこでやっと、感想も言わずに一心不乱に食べ続けていたことに気づいた。

慌てて、傍らに立ったまま麻由里が食べるのを眺めていたシュンをふり仰ぐと、「喜んでくれてよかった！　……って、そうじゃないかと思ってたけどね。顔も上げずに食べてたから」と、彼はにっと悪戯《いたずら》っぽく歯を見せた。その言葉に、麻由里は恥ずかしくなって視線を泳がせる。どれだけわき目も振らず皿に向き合っていたものやら。

「けど、お肉がほんと柔らかくって……ひょっとしなくてもこれ、すっごく高くていいお肉なんじゃないの？　よかったのかな、ご馳走になって」

照れをごまかすように問いかけると、「いや、……」とシュンは苦笑して首を振った。

「実はこれ、そんなにいい肉じゃなくて」

「そうなの……？　たとえば神戸《こうべ》牛とか松阪《まつさか》牛とか、霜降り？　のすごくいいやつだと思ってた。だって噛まなくていいくらいほろほろだし」

麻由里は目を瞬かせた。「まさか！　全然。ブランドとか特にないやつだよ」とシュンは否定する。本当に？　となおも疑《うたぐ》りの視線を向ける麻由里に、彼は解説をくれた。

「お肉に関する豆知識なんだけど。たとえば牛肉だと、オスとメスならメスの方が美味しい。年老いたのよりは若い方が美味しいし、しかも変な話、処女が美味しいんだって。あ、ごめん下ネタ良くないよね……」

「大丈夫。わたし商売柄、そんなの下ネタのうちにも入らないもん」

麻由里がパタパタ手を振ると、シュンは再度「ごめんね」と眉尻《まゆじり》を下げてから、お肉談義を続けた。

「これはやっすいオスの肉で、そんなに年寄りじゃないけど、めちゃくちゃ若くもないし。変な話全く童貞でもないと思うよ。餌も飼育環境もあんまり整ってなかったっぽいから、肉の臭み抜きも必要だったし。けど、丁寧に筋を切って下処理して、下味も揉《も》み込んで、三日間くらい赤ワインに漬け置きしたんだ」

「赤ワインに？」

「そう。まあ正確には赤ワインは、臭みを消して風味を加えるためで……。柔らかさの秘訣《ひけつ》は、肉に蜂蜜《はちみつ》を軽く垂らしてからの、角切りのキウイとプレーンヨーグルトと、すりおろした玉ねぎと、あとはお酢をちょびっと。まとめてジップロックに入れたら、少なくとも一晩以上、冷蔵庫でじっくり寝かせて、圧力鍋《なべ》でぐつぐつ煮込むんだよ」

キウイがなければパイナップルでもいい、酢豚に入っているパイナップルと同じ理屈だよとシュンは付け足した。

「お肉は、脂質とタンパク質でできてるでしょ。タンパク質は、焼くとぎゅーっと縮まって固くなるんだよ。柔らかいお高い肉が脂質多めなのは、こういう理屈。で、キウイやヨーグルト、蜂蜜やお酢だけど。プロテアーゼっていう酵素が入っていて、タンパク質を壊して柔らかくしてくれるんだ。でもそれだけだと酸っぱいのや甘いので風味がまとまらないから……赤ワインが、成分に含まれるタンニンで肉の癖を消して、味を深めにまとめてくれるんだよね」

「それでこんなに癖がなくて柔らかいんだ……」

お肉の柔らかさや味の秘訣なんて考えたこともなかった。料理って化学だったのか。ほとんどからになった深皿を見つめ、麻由里は唸《うな》った。

(それにしても……)

温かいシチューにホッと一息つけたおかげで、麻由里の胸に去来する感情がある。実家ともすっかり疎遠で、彼氏にかまけて友達も少なく。そして、その裕也には、麻由里が一方的に尽くしてばかりだった。

（こんなふうに、誰かにご飯をご馳走になるのは久しぶり……お母さん、元気してるかな。お父さん、お姉ちゃんも……みんなわたしが、あんなお仕事してるの、知らないんだよね……わたし……）

裕也ばかりに傾倒して、周りが見えないまま、大切な、……本当に大切にすべき人たちに、ひどい裏切りを働いてきたのではないか。

不意に、懐かしい実家の面々が脳裏によぎった。

試験合格を我が事のように喜んでくれた家族。引っ越しの際東京まで一家総出で手伝いに来てくれ、大学生活を楽しんでおいでと送り出してくれた時の、優しい笑顔も思い出される。

途端に、目の奥がじわっと熱くなった。……いけない。泣くタイミングとしてあまりにおかしい。胸元から迫《せ》り上がってくる物を、ぎゅっと目元に力を入れて耐えている麻由里を、無言のまま見下ろしていたシュンは、不意に眉根を寄せた。

「で、だよ。篠田さん。本題なんだけど」

「……？」

「僕がこんなこと言える義理じゃないんだけどさあ……。篠田さん。やめときなよ、あんな男。気の進まない仕事もさあ！」

（え）

とっさになにも言えず黙り込む麻由里に、シュンは畳み掛ける。

「もちろんソープの仕事自体が好きな人もいるかもだし、職業に貴賤《きせん》はないよ？　けど篠田さんは好きじゃないんだろ。好きじゃないことを続ける必要なんてないし、それを強要してくる男なんて僕、どうかと思う！　……いやほんと、僕が言ってどうすんだって、感じだけど……」

彼の表情を見ているうち——麻由里は唐突に、ストンと腑《ふ》に落ちる。

（この人、怒ってくれてるんだ。……出会ったばっかりのわたしのために。それでちゃんと、普通に……心配もして、くれてたんだ）

一発やるのが目的じゃないかなんて、邪推したのが猛烈に申し訳なくなる。

初対面時と何も変わらない。彼はごく当たり前に、ごく常識的な人間として、自分のために一生懸命怒って、諭してくれているのだ。

スルスルと心が解《ほど》けていく感覚に、麻由里は今度こそ、堪《こら》えきれずに俯《うつむ》いた。恥ずかしさにナプキンを摑《つか》んで目元を押さえ、顔を背ける。

「……わたし、あの仕事嫌いなの」

「うん」

「それを強要してくるアイツって、ろくでもないかな？」

「肉でいうなら、赤ワインに漬け込んで圧力鍋でぐずぐずに煮込まないと食えないレベルだね」

「……そっか。そっかぁ」

シュンの軽口に思わず噴き出し、そこでやっと、麻由里は己を縛る不可視の鎖が、音を立てて引きちぎれる音を聞いた。

「決めた。わたし、ソープから足洗うね」

「うん」

「裕也との関係も……。考えてみたらアイツにご飯作るのも、地味にしんどかったし」

「次は好きな時に、自分のために作ったらいいんじゃないかな。初回には今日のシチューとかどう？　ついでに、ご自宅に圧力鍋がないなら、炊飯器でもできちゃうんだけど。早炊き二回で同じ味になるよ」

「ふふ」

すかさずお料理知識が光るシュンに、麻由里は顔をゴシゴシぬぐい、涙声で笑った。鼻の奥がツンとする。

ごまかすようにやっと手をつけた水は、ひんやり冷たくて、どこか甘く喉《のど》を潤してくれた。

「篠田さん、駅まで道わかる？」

「平気平気。だからここでいいよ。ご馳走《ちそう》さまです。お世話になりました！」

スタジオを出る時、麻由里はもう、すっかりとつきものが落ちたような気分になっていた。明るいお礼と共に勢いよく頭を下げると、シュンは「どういたしまして」と嬉《うれ》しげに破顔してみせた。毒気のかけらもないその表情は、やっぱり柴犬だ、と麻由里は苦笑してしまう。

ちなみに、当然のごとく「ソウイウコト」はなにもなかった。匂わせることすらなかった。ごく普通に食事をご馳走になり、何なら食後の口直しにとコーヒーとアイスクリームまでいただいて、料理やら大学生活について談笑して終わりだ。

やりとりにも雰囲気にも、拍子抜けするほど色気がなかった。その点にも、少し感動している麻由里だ。——こんな人、いるのか、と。

「シュンさん、本当にありがとう。わたし、ユウくんとキッパリ訣別《けつべつ》してみせるから！アイツは荒れるかもだけど……引きずられないよう、がんばるね」

改めて宣言してみせる麻由里を、タワーマンションの玄関で見送りながら。シュンは首を傾けた。

「いや、別に……篠田さんは頑張らなくて、いいよ？」

「え？」

「なんて言うのかな。別に頑張らなくても、大丈夫だと思うから」

そう告げた時のシュンの琥珀《こはく》色の瞳《ひとみ》が、何かいわく言い難い、不可思議な揺らぎを宿している気がして。

持って回った言い回しにも「どういう意味だろ？」と目を瞬《しばたた》きつつ、麻由里は自分なりに理由をつける。

（そっか。『頑張ってる人に頑張ってっていうと逆効果になって云々《うんぬん》』的なのを気にした、励ましの一種……かな。それだけ心配かけちゃったってことか）

だとしたら余計に申し訳ないとは思いつつ、下手に気にしないのが一番だろう。麻由里は納得すると、改めてもう一度彼に頭を下げた。

シュンは笑顔のまま、麻由里が見えなくなるまで見送ってくれていた。

＊

さて。――それ以降、どうなったかといえば。

結論として麻由里は、夜のお仕事とも、彼氏との関係もすっぱり切れて、信じられないほど当たり前に穏やかな日常を手にすることができた。

そんなに悪い人じゃなかった、とシュンが言っていた通り。恐る恐る、飛んでしまったことを新宿のお店まで謝罪に行った麻由里に、見た目はプロボクサーもかくやといういかつく恐ろしいソープの店長は、フランクフルトソーセージのような指で額を押さえた。

「いやいや、いいんだよ。マユリちゃんのせいじゃねえしな。ってか正直ほっとしてるんだよなァ。おれもこんな商売してっから？　ンなこと言えた義理じゃねンだけどさ。前々から裕也のやり方、どうかと思ってたからよ。あいつは『オレの前歴も全部知っててマユリはオレに惚《ほ》れ込んでるから口出しすんな』っつってたけど」

「……え？　前歴……？」

「知らなかったのかよ。やっぱりな」

はあっと深いため息と共に、ふかしていたタバコの煙を吐き出し。店長はのたまった。

「あいつ、この辺で女子大生を風呂《ふろ》に沈めンの、あんたで五人目だぜ」

「ごっ……!?」

初耳だ。そして続きも、やはり初耳だった。

「裕也なあ、……や、裕也ってのも本名か知らねえけど。何個か別の名前使ってた気がするし。若く見えっけど歳も結構いってるはずだし、ま、名乗る通りの学生じゃねえよな。マユリちゃんのとこと、あと何か所か近くの大学を狩場にしててなァ。あんたみたいな、いかにも地方から出てきましたっつうモノ慣れない女のコをな、うまいこと言いくるめて骨抜きにして、こっち側に引っ張り込んで、上前をはねていくんだ。……って、稼ぎの中抜きのことも、ひょっとして知らなかったりするか？」

「な、中抜き……？」

「うわ、それもダンマリか……マジかよぉ……」

確かに、夜職は儲《もう》かるという話を聞いていたのに、仕事内容の割に雀の涙のような給金だとは思っていた。まさか、稼ぎの大半を裕也がくすねていたとは。

（この人も、わたしが知らないかもと疑ってたなら、今までどうして教えてくれなかったの……！）

信じられない思いで唇を噛《か》み締める麻由里に、「悪かった」と店長は頭を下げた。

「……まあ言い訳にしかならねえけども。あんたの前に、あいつの斡旋《あっせん》で、おんなじようにここで働いてたコがなぁ。あいつがあんたに鞍替《くらが》えしたって聞いて、……こっから先は他言無用で頼みたいんだが。あんたが入る前に、うちの個室で首吊《つ》ったんだよ」

「……！」

その先の話は衝撃そのものだった。

同じく女子大生で、裕也に首ったけだった彼女の状況は、疑いを持ちつつあった麻由里よりさらに悪く。稼ぎの中抜きの件も承知で、嬉しげに彼に貢いでいたらしい。

そんな中、別の女――麻由里に乗り換えたと聞いて、彼女の心中はどれほど暗く塗りつぶされたことだろう。店長はそう語った。

「裕也に縋《すが》り付いて泣いてるとこも見たけど、『固定客がろくについてなくて稼ぎの少ないやつに、これ以上付き合えるか』って撥《は》ねつけられて。ぼーっとうつろな眼差《まなざ》ししてんなぁって心配してたら、待機部屋に鍵《かぎ》かけたきり出てこなくなって、無理やり踏み込んだら、まあ……。そういうコトだよ」

ドラマの中のような話だ。麻由里は声も出なかった。

「死体を持ち帰って店で人死にが出たことをサツに偽装してやる代わりに、あんたをここで黙って働かせて中抜きさせろって言われちゃ、こっちも客商売なんでな。あのコはいい子だったし、……間接的にあんたが殺したような気がして、ちっと複雑な気もあってなァ。けど、ま、我ながらおかど違いの逆恨みだわな」

あいつはロクでもねえよ。切れるならそれに越したことねえ。

そう言って、あっさり「とりあえず今月分の稼ぎは全部渡すよ」と請け合って解放してくれた店長を、麻由里は何ともいえない気持ちで見つめた。

「……ユウくん、じゃなくて裕也には、別れようってメッセージ送ってあるんです。『もうあんたとはこれっきりにするから』って。けど、既読つかなくて。電話も出ないし」

SNSも電話も、彼に連絡を取るのは、麻由里としてはもう心臓が破裂するほど緊張して怖かったのだが。仕事を逃げ出した晩に、あれだけ鬼のようにコールしてきた裕也からは、なぜかその後、なんの音沙汰もなかった。

もちろん顔を合わせることもなく、彼が転がり込んでいた自宅に置いてある私物も少なかったので、「わたしたち本当に付き合ってたんだっけ……というかユウくんって実在してたんだっけ？」と首を傾げてしまうほどだ。一念発起して、そのわずかな私物や、彼からもらったプレゼントは全て廃棄し、一緒に撮った写真も消してしまったし。

顔を曇らせる麻由里に、店長は首を振った。

「あいつと連絡つかねえの、マユリちゃんもか……。実はおれもなんだよなァ。いきなり消えちまった。煙みてえによ。あいつがカタギじゃねえ証拠だわな。けど、その後どうしてんのかの話は、ちらっとは聞いたぜ」

「その後……ですか？」

麻由里の問いに、店長はタバコを咥《くわ》え直すと、眉根《まゆね》を寄せた。

「本人の代わりに、裕也の弟分？　ってやつが、店まで挨拶《あいさつ》に来てな。あいつ、なんか新しい事業始めたとかで、『それがうまくいってないんで、あの人ちょっと荒れてて。店長さんにも、もう顔見せに来れないんじゃないかと思います』って報告もらったな」

「ユウく……裕也に、弟分なんていたんですね」

「え？　知らなかったのかよ。冗談だろ」

「知るわけないですよぉ……」

彼にはなにも知らされていなかったとさっき言ったばかりなのに、ずいぶん今更の反応をする店長に、麻由里は呆《あき》れた。

本当に、彼の正体など、なに一つ知らずに過ごしていたのだ。自分の愚かしさをもはや笑い飛ばしたい気分になりつつ、麻由里は唇を歪《ゆが》めた。しかも裕也ときたら、新しい商売がうまくいっていないのだと。正直、ザマアミロだ。

「え？　だってそいつ……まあいいや。……その舎弟いわく、裕也のやつ、今じゃ酒浸りとかでな。『赤ワイン漬けで原形止《とど》めないくらいグッズグズになって、すっかり正体がなくなってましたよ』だってさ」

店長のセリフに、ふと思い出したのは先日のシュンの冗談だ。——裕也なんて、赤ワインに漬け込んで、圧力鍋《なべ》で煮込まないと食えない男だと。

——結局、残りの稼ぎを手渡してもらって、麻由里は店を後にした。

その足で自殺した元カノの話を警察にたれ込もうかとも思ったが、最後の最後で店長を何となく憎みきれなくなったのが半分、余計な恨みを買うのが怖いのが半分で、一旦《いったん》保留とする。もし彼に運がなければ、裕也ともどもそのうちニュースでお縄につく映像が流れるかもしれない。

それにしても。

(赤ワイン漬けだなんて、いっそそのままシチューになっちゃえばいいのに!)

ふふっと趣味の悪い笑いを一つ。もう踏み込むことは二度とないだろう、夜の街を出てから。ふと麻由里は立ち止まって、スマホを開いてみる。

出てくるのは、ここに来るまでに観ていた新作動画だ。言わずもがな、配信元は料理好きの男子大学生。メニューはもちろん——塊肉のラグー。

「よしっ」

麻由里は晴れやかな気持ちでスマホの電源を落とし、バッグに仕舞い込んだ。

あの時食べさせてもらったビーフシチューの作り方を教えてくれるそれは、家に帰ってから、じっくり見直すことにしよう。それにしても、美味《おい》しかったなあ。

(そう言えばあのシチュー、特に否定されなかったし、ビーフシチューで合ってるよね? 牛の話、してたし……。けど、ちょっと牛にしては変わった味だったような……)

ふと疑問が頭の片隅を掠《かす》めたが、深く考えても仕方ないことだ。麻由里は「まあ、いっか」と忘れることにしたのだった。

# ＊＊ 3 産地直送の生姜焼き ＊＊

料理好きの男子大学生。このところ、私が気になっているお料理動画アカウント。

——一人で全部やっているのだから仕方ないけれど、カメラアングルや編集などに工夫の余地はまだまだある。あれをああして、ここをこうしたら。もっと観やすく、面白くなるのに。

料理そのものとは縁遠いくせに、お仕事柄か、画面レイアウトや番組構成への分析が大好きな私は、彼の新作がアップされるたび見入っていた。とはいえ、あくまで常識的な趣味の範囲内で、だ。上から目線で配信者自身に異常に粘着したり、アドバイスと称して外部から無粋なコメントを投げつける真似はしない。創作意欲を削《そ》ぐのは本意ではないのだから。

——けれど。その動画の、ごく小さな違和感に、すでに私は気づいてしまっていた。

初回で宣言していた通り、「料理好きの男子大学生」は、肉料理以外を絶対に作らない。付け合わせに野菜を使った品を用意することはあっても、あくまでメインは肉。それは彼のポリシーだから、引き続き是非とも生かしていただきたいとして。……問題はもっと、別のこと。

ステーキ、肉入り野菜炒《いた》め、骨付き肉のグリル。今までに、彼は色々な料理を作って披露してきた。その都度、豚だの牛だの鴨だのと、肉の種類も明らかにしてもいたけれど。でも、どうしても一つだけ。

答えを聞くのが恐ろしいその一つを、私は彼に問いたくて仕方がない。

——その肉。ひょっとしなくても、普通の肉じゃない、よね？

＊

伊藤愛美《いとうまなみ》の一日は、『推し』の動画配信者に始まり、そして終わる。

短大卒業後、実家に住みながら、派遣やパート、契約社員を転々と遍歴すること、実に計十五か所。

不惑を迎えた今、「四十にもなって……いつになったらお前は落ち着くんだ。正社員にならんのか」「あなたもう本当に結婚はしないつもりなの？」という両親の不平は、もはや羽虫の飛ぶ音より気にならない。どうせあちらも、一人娘の愛美が嫁げば、今度は寂しいだの老後の世話が何だのと、内容を別の不満にすげかえてくるだけだ。ならば、好きなように生きて好きなようにお金を使っている現状をこそ、変える必要など無いではないか。それに、正社員にならないのか、だって？　就職さえできれば安泰だなんて、安直すぎて笑ってしまう。愛美はそんな前時代的な考え方に囚《とら》われず、自由に就労の権利を謳歌《おうか》しているだけだ。

コロコロと変わるお仕事渡り歩きの旅の果てに、とある小規模な週刊雑誌編集部に、専属デザイナーとして所属している愛美だが、それでも続けてきた習慣だけは変えられない。

関東某県の下町にある愛美の家は、絵に描いたような瓦《かわら》屋根の日本建築だ。それこそ青い猫型ロボットが、主人公の少年と共に暮らしていそうな。板天井に古畳と黄ばんだ襖《ふすま》を持つ六畳間が、愛美の城である。

朝起きて、敷きっぱなしで万年床を両親に咎《とが》められ続けている布団を這《は》い出し、枕元で充電していたスマホを手にとる。さっそく表示された、カレンダー機能にびっしりと書き込まれた『推し』たちの予定に、愛美はゆるゆると頬を緩めた。

(ふふ。一番のイベントはこれだな。ニキくん、今日は生配信日。ハイパーチャットで投げ銭三万はカタいから、しばらく節約生活だっと。立夏《りっか》くんのバースデーイベントはもうちょっと先? あの子、フォロワー四千人到達もうすぐだからタイミング見てお祝いの準備しないと。あとは、みんなの欲しいものリストもチェックして。あっ、れんじろうさんったら新しい香水だって、かーわい。他の誰もあげてない? ふふ。やった一番乗りぃ)

日常系動画配信者、アマチュア声優、Vチューバー、舞台俳優の短文SNSアカウントまで。愛美の『推し』は掛け持ちでジャンルも多岐にわたるが、一つだけ共通していることがある。それは、「見込みがあるけれど、有名すぎない」ことだ。

短文SNSなら、フォロワー数は、多くても一万人に至らないところまで。あまりに少ないのも小物すぎるというか「しょぼい」感じがしていただけない。できれば数百人から二千人くらいまでが望ましい。

(だって、ちょっと頑張れば手が届くじゃない。それなら)

国民的アイドルや有名声優になど夢中になれる女たちの気がしれない、と愛美は思う。

絶対に手が届かないイケメンの、何がいいというのだろう。いくら熱をあげて必死に貢いだところで、すでに有名になってしまった彼らにとって、自分たち一般人など所詮《しょせん》、数字のひとつ、群れをなす有象無象のひとりでしかないのに。

その点、愛美の『推し』たちはいい。みんな貪欲《どんよく》だ。

『コータローさん、おはようございます。今日も一日頑張りましょうねっ』

『みっけくんおはよ！　もうすぐ五千フォロワーおめ！　お祝い動画楽しみ』

『シンくん風邪は大丈夫……？　心配だな。お野菜食べてる？　何か美味しいもの送るね。水分とってゆっくりして欲しいな』

短文ＳＮＳで、愛すべき推したちの最新の書き込みに、顔文字や絵文字で明るく飾り立てたコメントをぶら下げていく。誰が一番早くに返信をくれるかな。――ちゃんと見ているぞ、と試すような気持ちで。

動画配信者でも俳優でも声優でも、幾分か得てしまったファンのために、身に過ぎた大きな夢を捨てきれず。さりとて、先立つ物がなければ生活できないという、迫り来る現実から目を背けるわけにもいかず。

そんな彼らは、愛美が話しかければ、必死に尻尾《しっぽ》を振ってくれる。投げ銭をすれば必ず「ありがとう！」とリプライコメントがつく。その瞬間だけは、彼らは愛美の為だけに存在する、愛美だけのものだ。

愛美はちらりと時計を見遣《みや》る。朝八時。出勤時刻まではまだあるが、もうすぐ親が、起きたはずの愛美がいつまでも居間に行かないことで、「いつもの」にのめり込んでいる気配を察して怒鳴り込みにくる頃合いかもしれない。

——推しのイベントがあればケーキを買ってバルーンで飾り付けをして写真を送り、配信イベントのたびに投げ銭をじゃぶじゃぶ注《つ》ぎ込み。正直、生活は圧迫されている。家にお金を入れるどころか、生活費はほとんど親持ちだ。

(いいじゃん。子の幸せは親の幸せでしょ)

それが世間的にも常識だというのに、うちの親ときたら——とため息混じりにスマホをスクロールしていた愛美は、とある瞬間で、見逃せないものを見つけて目尻《めじり》を吊《つ》り上げた。

(は？　なにこいつ。この『ゆかぽん』って女。私より先にれんじろうさんに香水送ってんじゃねーよ。さっきから五分経ってねえだろが。なんなの？　朝から鼻息荒くてきもいんですけど？　殺すぞ？　んでこっちの『マリ』ってのもなに。見たことないし。その割に『朝ごはん写真希望です』とか馴《な》れ馴《な》れしくてあり得ない。ニキくんも有名になってきたから変なニワカついてきてウッザ。てかニキくんかわいそ)

こいつ今日の生配信くるかな。愛美は目をすがめる。

(はいはい、うざいうざい。……あーあ、潰《つぶ》すか)

いよいよ、「いつまでそこにいるの」と叫ぶ母親の声が部屋に迫ってきた。愛美は雑に「今行くし」と声を荒らげつつ、密《ひそ》かに胸に誓った。

＊

同担拒否。

元々は某事務所に所属する男性アイドルたちのファンに由来するらしいその言葉を愛美が知ったのは、それなりに前の話だった気がする。

同じ対象に対して熱を上げている他人との交流を拒絶する、要するに「彼に対して私は孤高のファンでいたいから、誰も話しかけてこないで」という意味らしい。しかし、愛美は己の内側に、その性質に類するものの、さらに加速した激情を秘めていることを自覚していた。

交流を持つのを嫌がるどころか、同じものを、同じ人を、別の誰かが好きであるのが許せない。日本国憲法では内心の自由が保障されていると大昔の社会科で習った気がするので、まあ好きなだけならいい。正直よくはないが、黙っていてくれたらこちらも知りようがないからまだ許せる。

(でも、ネットで不躾《ぶしつけ》にずかずか推しの迷惑考えず話しかけてって、あまつさえ距離感勘違いしてるようなのはだめだ。ゴミだ。害虫だ。滅ぼさなきゃいけない)

インターネットは大海だ。そして公共の場でもある。その広々とした全世界向けの場で、マナーのなっていないバカが多すぎるのが問題だった。

だから愛美は、推しにはできるだけ積極的に「警備」をしてあげることにしていた。同じ生配信を視聴している悪質なファンを見かけると、コメントで集中的に「しつけ」を施す。やんわりと言い聞かせても聞かないなら弾幕を張る。もちろん、攻撃用のアカウントは、本物のアカウントとは別だ。いつ消してもいいような仮初《かりそめ》のアカウント——捨てアカウントを大量に作って、集中砲火を浴びせて丁重にお引き取りいただく。

(こないだ潰したやつには、ニキくんは優しいから『けんかしないで』なんて言ってあげてたけど、投げ銭もしないで何度も話しかけてコメント欄占拠して、迷惑じゃないはずないんだから。でも、こっちのれんじろうさんのストーカー女しつっこいな。一週間前から粘着して懲りないとか、意味わかんないんだけど。あ、でもすっごい頭悪いわこいつ。背景わかる写真めっちゃ投稿してるし。ちょっと特定して個人情報晒《さら》すか。昼休み前にいけるっしょ。他にも絶対同意する人が拡散してくれるし?)

匿名掲示板にひとたび情報を出してしまえば、こちらのものだ。短文SNSもいい戦場だった。発言をスクリーンショットで溜《た》めておいて、適切な場所で放流してやれば、それはそれはよく燃える。

大なり小なり一度燃えれば、あとは一緒になって炎を煽《あお》いでくれる人が、何もしなくてもわんさか湧き出てくるはず。そうでなくとも、手持ちの捨てアカウントから大勢の意見を装って、批判を大量に浴びせてやればいいのだし。

(そうだ。こないだまたアカウント凍結くらっちゃったから、新しいの作りなおさないとねえ……ほんと、あそこの運営まじクソ。私じゃなくてあいつらを凍結しとけって感じ)

もっとも、アカウント凍結を逃れつつ敵の個人情報をうまく手に入れる裏技を、愛美は編み出してもいた。攻撃対象の友人やファンを装って、悪意を覆い隠すのだ。

『あなたのプロフィールと趣味がぴったり』

『相互フォローになってください』

『私もワンちゃんがうちにいて……』

まるで自分が相手と同質のものであるかのように、しばらくは演技を続け、優しい態度で油断させる。なんなら別のアカウントを仮想敵に仕立て、自作自演で攻撃した後、「変な人に攻撃されて困っているんですね」と善意の第三者のふりをして近づくこともある。そして、親身な味方を装って相手から欲しい情報をすっかりぬきとった後、手にしたそれを別の場所で垂れ流すのだ。

(そういえば前にも、こっちの推しにネチャネチャ絡んでは、私が投げ銭をした瞬間を狙いすましたかのように同額以上をかぶせて投げてくるとかいう、最低な嫌がらせを働くクソ女がいたっけ。名前は、もう忘れたわ)

あちらが先に悪意をむき出しにしたのだから、迎え撃ってやるのが礼儀というものだろう。愛美の流儀では、敵になったものは、動かなくなるまで制裁を加える程度では甘い。二度とネットの海に浮き上がってこようと思わなくなるほど、なんなら社会的地位を失うほど、息の根を止めるまで殴り続けるのが鉄則だ。名前を忘れたその女にも、もちろん愛美は容赦しなかった。

（あいつは割と用心深かったからなぁ。ニセ仲間方式で釣り上げて、……なんか丸《まる》の内《うち》でOLやってんのと、やたら熱心に保護猫のボランティアサークルしてるってのが分かったから、治安最悪の男漁《あさ》り専用掲示板に『ムリヤリな凌辱《りょうじょく》プレイ希望です』つって顔写真と住所と通勤路と職場晒したのと。あいつの裏アカウントを偽装して、野良猫の惨殺死体画像をオトモダチにばらまいたんだっけ？　あいつ、まだどっかで息してるかな。どうでもいいけど）

あの手この手を駆使して、一体今まで何匹の馬鹿を潰してきたのか、愛美はもはや覚えていない。おそらく両手両足の指では足りない数だとは自負している。しかし、ひとたび叩《たた》き終えたが最後、その作業にどれだけ手間をかけたとしても、愛美は興味を失ってしまうのだった。

（だって、こっちは推し活で忙しいんだから！）

それだけネットマナーのなっていない連中が世の中にはびこっているということだから、ぞっとしない話だ。そういうところが特に、一匹見たら三百匹などとよく言われる、例の黒い害虫に酷似している。その害虫にしたって、退治した数をいちいち覚えている人間などいるまい。そもそも家の中にさえ出なければ、さしておぞましい存在ですらないはず。視界に、人間様の生活圏に入りこむからこそ、殺さざるを得ないわけで。ネット上の害虫だって同じだ。愛美という人間が安心して推し活に励むためには、駆除しなければならない。出るから、潰す。ただ、それだけのことなのだから。

そういうわけで、──出勤した後も。愛美はたびたびスマホを取り出しては、ぬかりなくSNSをチェックしていた。

（うわ、この香水女、またれんじろうさんに絡んで……！　ハイ殺処分確定。どう狩るかねえ）

募る苛立《いらだ》ちに、舌打ちしたい気分でタッチパネルに親指を滑らせていると。

「あの……伊藤さん」

隣の席から、恐る恐る、といった口調で話しかけられ、愛美は不機嫌もあらわに答えた。

「は？」

そういえばここはオフィスで、──雑然と書類の積まれたデスクがいくつか連なっているのが目に入る。

そして目の前には、眉尻《まゆじり》を下げて困り顔をした同僚がいた。同僚と言っても、相手は正社員で、契約社員の愛美とは立場が異なる。

高崎凜《たかさきりん》という、ここで会社が二つ目だという彼女は、まだ二十七かそこらで、気弱そうな顔つきや声といい、おどおどとした態度といい、愛美の神経を逆なでずることが多い。服装がいかにもおとなしく控えめそうな外見を演出するブランドのスカートやブラウスばかりだったり、地味目にでも化粧をきっちり毎朝してくるのも気に食わない。清純系を騙《かた》って男に媚《こび》を売っている女の典型例だ。

（前職は動画系のサブスクサービス会社だとか言ってたっけ……？　若いくせに、コロコロ職場変えてだらしない。どうせ男トラブルでも抱えて逃げてきたんでしょ）

内心で毒づきつつ片眉をあげる愛美に、凜は手元の書類を示した。

「……ちょっといいですか。編集長が昨日伊藤さんにお願いしてたっていう、この読者コーナーのデザイン作業なんですけど、確認、私の方に回してって言われてて、そろそろできてる頃じゃないかということなので……」

（だからぁ、もっとハキハキ元気よく喋《しゃべ》れば？　こっちの顔色窺《うかが》うみたいにビクビクおどおど、いい加減うざいんだけど）

不満をそのまま声色に表し、愛美は「はあ？」と繰り返すと、聞こえよがしにため息をついてやった。

「いいですかって。全然よくないですけどぉ？　それ、私の契約の事務範囲じゃないって、編集長に断ったはずなんで。アンケートさわるんだったら、うっかり個人情報見ちゃうかもだし」

愛美は画面から顔も上げずに答えた。こちらは忙しいんだから邪魔しないでほしい。

凜は、愛美が冷ややかに接するたびに毎度律儀に傷ついて顔を歪《ゆが》めるので、多少胸がすきはする。が、それだけだ。

「でも編集長からは、手が足りないので伊藤さんにお願いしてあるからと」

「聞いてませんけど。何度も同じこと言わせないでください。とにかく、してないものは、してないので」

編集長からの依頼なら、編集長を通して確認してくださいよ。

そう言って突っぱねると、凜は泣きそうな顔ですごすごと引き下がった。そのまま、離れ小島になっている編集長のデスクに行って何やら話し合っている凜を、一度だけちらりと見遣《みや》ると、愛美はさっさとスマホでの作業に没頭する。

向こうでは揉《も》めているのか、「契約期日まではどうにかやっていくしかない」「でも」「もう一度君の方から頼んでみてくれないか」などと漏れ聞こえてくる。

（はあ。ここもそろそろ潮時かねえ）

彼女らが自分のことを話していると察して、愛美は鬱陶《うっとう》しい気持ちになった。

（こっちだって、好きでこんなとこで働いてやってるわけじゃないし。だいたい、給料低すぎだっての。やる気なんか出るわけないでしょ。推し活をするにも今は手持ちが足りなくて、親から借金もしているくらいだし）

あの調子だと、そのうちにまたこちらに同じ案件を持って、凜が現れるのかもしれない。弱ったうさぎみたいに震えて狼狽《うろた》える凜の様子を想像しながら、その時はまたけんもほろろに追い払えばいいかと、愛美はデスクに頬杖《ほおづえ》をついた。

しかし、『推し』のいる素敵な生活も、順風満帆とはいかないのが世の常である。

＊

(けどなぁ。立夏くんも登録数とうとう四千ユーザーの大台か……ニキくんもれんじろうさんも、もうだいぶ大きく育ってきちゃったんだよねえ。それだけ私の見る目が確かってことでもあるから、羽ばたいて行くのはいいことなんだろうけど、さ)

今、愛美の手持ちの『推し』たちは、いずれも無名の新人から、人気のチャンネルへと変わりつつある。その成長は、嬉《うれ》しいよりももの悲しい。ハイパーチャットで目を向けてもらえるかと思った瞬間、自分よりも高額のお金をよそから投げられたら、興味はあっという間にそちらに移ってしまう。割に合わない。

(特に、引退前に彼女ができた自慢とか結婚報告とかしてくる恩知らずは最悪。てめえの女食わせるためにせっせと金払ってきたんじゃないっつの。夢を売る商売なら最後まで貫けよ)

自宅に戻ってすぐ、両親に挨拶《あいさつ》もせずに六畳間の城に引き籠《こ》もり、愛美はまたしてもスマホをいじっていた。もうすぐ母親が、夕飯の支度ができたと呼びにくる頃合いだ。今さら話すこともないし、いっそ持ってきてくれればいいのに。

(不毛さを感じたら引き時かねえ……そろそろ、新しい推しが欲しい)

新規開拓には時間がかかるものだ。とりあえずは、目障りな害虫を潰《つぶ》すことだけでもやっておくか、と。気になっていたライバルユーザーのアカウントをチェックする。

あっという間に個人を特定できてしまいそうな写真満載で、趣味やら彼氏との生活やらをダダ漏れに漏らす、甘っちょろくていかにも頭の軽そうな女だ。顔に貼るスタンプをずらして、わざと隠し切らずに掲載するのもあざとくていやらしい。

しばらく情報を拾うため、画像保存を続けながらスクロールしていくうちに、愛美はあることに気がついた。

（このタイムライン、『料理好きの男子大学生』ってのがよく出てくるな。こいつの推しなのかな）

害虫女が、いちいち「この動画最近のお気に入り」や「今日もお肉美味《おい》しそう」などと引用コメントを繰り返しているのが癪《しゃく》にさわる。

とはいえ、どうも、割と新しめのアカウントらしい。フォロワー数は少ないし、アップされている動画の数もそう多くない。試しに一つ再生してみると、手元ばかりで顔は映らないけれど、声は明澄で潑剌《はつらつ》としているし、何かともの慣れないところが初々しくて可愛らしかった。

（……ふーん）

今回作っているのは肉野菜炒《いた》めらしい。楽しげに解説を加えながら、刻んだ野菜を中火で炒めている様子を眺め、愛美は鼻を鳴らす。

（って、お料理動画のくせに調理手順が間違ってるんだけど？）

愛美は捨てアカウントの一つを使い、試しに「料理好きの男子大学生」にコメントをつけてやった。

『私もお料理するんですけど。野菜炒めは強火で作らないとべちゃっとしますよ。あと、決め手に使ってる調味料、自然界には存在しない化学物質なんで体に悪いです。料理動画するなら気をつけたほうがいいかと』

皿の上で肉と一緒にきれいな照りを放つ野菜炒めは、およそ水っぽくは見えなかったが、「料理の定石も知らないなんて」という親切心を込めて、愛美は教えてやった。

若い子は、あの同僚の高崎みたいに根性がないだろうし、無視されるかもしれないと思ったが。意外にも、あっという間に返信がきた。

『初コメントありがとうございます！　そして、わざわざ貴重なご意見感謝です！　また気がついたことがあったら教えていただけたらありがたいです』

（……へーえ？）

感心、感心。この対応の早さと内容に、つい愛美は身を乗り出した。

＊

そこから、愛美の推しには、「料理好きの男子大学生」が加わることになった。

あまりファンの登録者数が多くないこともあり、絡むと律儀に返してくれる「料理好きの男子大学生」に、これ幸いと愛美はコメント機能で「もっとこうした方がいいよ」とたくさん料理で気をつけるべきポイントを教えてあげた。

肉は一気に強火で焼いて旨味《うまみ》を閉じ込めないといけないことや、低温調理ができる高級なほうろう鍋をちゃんと買ったほうがいいことなど、「こんなことも知らないの？」と呆《あき》れつつも、あれこれと指摘するのは気分がいい。仕事があるので普段は炊事も含めて家事全般を母親に任せっきりだが、愛美とて別に料理ができないわけではないのだ。

そうすると、「料理好きの男子大学生」は、あっという間に『いつもありがとうございます！』と嬉しげに返してくれる。顔も知らないのに、まるで柴犬がちぎれんばかりに尻尾《しっぽ》を振りたくっている様子が見えるようで、返信がつくたびに愛美は笑いをこぼした。

（投げ銭そんなにしなくてもいいし……これひょっとして、先物買いというか、掘り出し物？　見つけちゃったんじゃない？）

だんだん自分がズブズブと「料理好きの男子大学生」にのめり込んでいくのを、愛美は感じていた。しかしそれは、決して悪い感覚ではなかった。むしろ、散財しなくなった分、堅実だと言っていい。

ネット上にのさばる馬鹿女を懲らしめようと掘るうちに見つけたアカウントなので、馬鹿女と推しが被《かぶ》るのは厄介だったが、それもしばらくの我慢だ。「料理好きの男子大学生」を見つけるきっかけになったアカウントに、愛美は彼をフォローするのと同じ日のうちに、即座に総攻撃を仕掛けた。

何せ武器はたんまりあるので、手心を加える気はない。まずは写真や、書き込みの内容から個人情報を洗い出し、捨てアカウントを使って気味の悪いストーカー男を装いメッセージを送ってやった。匿名掲示板にも同じものを晒《さら》す際には、ことさらに面倒そうな人間の集まる場所を選ぶという念の入れようだ。

『死んだほうがいいバカ女。呼吸するだけで地球上の酸素が無駄』

『なんで生きてるの？　生きてる価値ないよ。死んだら祝杯あげてやるわ』

『実物知ってるけど、ほんと頭も股《また》も緩いくせにブッサイクで笑っちゃう』

『顔と住所覚えたからな。今度家の前で待ち伏せして殺しに行く』

一人で複数名を装い、相手が怯《おび》え、傷つくだろう言葉を選んで、丁寧に丁寧に刺していく。

すると、そのうちに追従して一緒に誹謗《ひぼう》中傷に加わってくれる人間も現れた。反比例して、本人はだんだん反応が弱くなってきたので、やれここが攻め落とし時だと、さらに捨てアカウントを追加しては、どんどんと炎に薪《まき》をくべてみた。

（だって、これくらい言われて当たり前でしょ。コイツはそれくらいのことをしたんだし。迷惑かけたんだから）

具体的に、誰にどんな迷惑をかけたのか。法的にはどんな問題があるのか。

もしも問われたところで、愛美は答えることなどできなかっただろう。しかし、「この女のせいで、今、自分が不快になっている」のが、何よりも大事なのだ。それだけで、存在が許されないほどの罪なのだ。

しばらくすると、そのアカウントはうんともすんとも言わなくなったので、きっとこれに懲りてSNSから足を洗うことにしたのだろう。当然の帰結だ。二度と戻ってこないでほしい。

（そういえばコイツ、どの『推し』に絡んでたんだっけ？）

目障りな他のファンを潰したら、なんだかスッキリと気が晴れてしまい。愛美はそれきり、彼女と同じ愛着を抱いていたネット配信者にすら、興味を失ってしまった。

代わりに生活に入り込んできたのは、「料理好きの男子大学生」だ。本物の推し活用アカウントでフォローを始め、愛美は本格的に彼の応援を始めた。そのうちに、複数掛け持ちしていた『推し』は一人消え、二人消え。

――いつの間にか、愛美の依存する先は、「料理好きの男子大学生」だけになっていた。

＊

（はあ……なんか、もっと推し甲斐《がい》欲しいんだけど）

しかし。「料理好きの男子大学生」ばかりに傾倒するようになって、一ヶ月ほどが経った頃。愛美はさっそく、新しい『推し』に飽き始めていた。

（だって、声は可愛いけど、顔も名前もわからないし……動画も生配信じゃないから、コメントもリアルタイムでできないし。学生なら仕方ないのかもだけど？　更新頻度もそんなにだし。DMに丁寧に返信があるのはいいけど、生な要素が足りない。せっかく観てあげてるんだから、もうちょっと上手《うま》くやればいいのに。こっちは相手なんていくらでも選べるんだから）

そんなある日。愛美がため息混じりに、最近はすっかり「料理好きの男子大学生」一本になった、万年床での朝の恒例チェックをしていた時のことだ。

ぽん、と軽い通知音とともに、いつも使っているSNSの本アカウント宛《あて》に、ダイレクトメッセージが届く。その送信元を見て、愛美は目を瞠《みは》った。

（え？　『料理好きの男子大学生』……から？）

愛美は目をこすった。こちらから直近でアドバイスのメッセージを送ったのはしばらく前だし、それに返信ももらっているし。一瞬、寝ぼけているのかと思ったのだ。

（……なに？　『ご相談があります』？）

果たして、続いて送られてきた「料理好きの男子大学生」からのご相談の内容に、愛美はいよいよ「ええっ」と声をあげることになった。

「……よかったらスタジオに遊びに来ませんか⁉　って⁉」

おまけに、『信頼できる方に料理を食べて感想を言ってほしくて。他のフォロワーの方の目もあるので、お声がけしたことは、誰にも内緒にしていただけるとありがたいのですが』と続いたものだ。

もちろん食費はいらないし、なんなら交通費も出してくれるらしい。太っ腹な。

「うっそでしょ⁉」

嘘だと言いながら、声には喜色が滲《にじ》んでしまう。快哉《かいさい》を叫びながら、愛美は承諾の意を伝えるメッセージの送り方を練り始めた。

こういうのは、「喜んで」などと気安く即返信せず、しばらく寝かせる方がいいだろう。そして、向こうがどうしてもとお願いしているのだから、仕方なしに行ってあげるという体裁を取るのだ。

愛美は、そんなに安っぽい女ではないのだから……。

＊

(やば。推せる！)

待ち合わせ場所のコーヒーチェーンに現れた「料理好きの男子大学生」は、どこか少年っぽさを残した印象の青年で、何よりも非常に見目が良かった。黒いシャツにブラックデニムのスキニーというシンプルな格好が、モデルのようによく映える。

彼は本名を佐藤駿《さとうしゅん》と名乗ったので、少し迷ってから、愛美も名前の方だけを名乗る。

「愛美さんって、愛に美しいって書くんですか。素敵なお名前ですね！　けど、いきなり名前で呼ぶのはなれなれしくて申し訳ないので、……えーと、苗字《みょうじ》もお聞きしていいでしょうか」

聞いたばかりの名前をたどたどしく舌の上で転がす駿を、愛美は頬が緩みそうになるのを抑えながら「好きに呼んでくれたらいいよ。私も駿くんって呼ぶし」とわざとそっけなく聞こえるように返した。こういうサバサバした女の方が、かっこいいし男性も付き合いやすいだろうと思ったのだ。化粧品も服もこの日のために新調して、ばっちりフェミニンにキメてきたことなど、おくびにも出さない。

「じゃあ、お言葉に甘えて、……愛美さんで。今日は、来てくださってありがとうございます！」

（ふうん。声の通り、見た目も性格もまあまあ可愛い子じゃない）

そして、案内されたスタジオは、都内の高級住宅地にあるタワーマンションの高層階だ。

「この子、ものすごいお坊ちゃんなんじゃないの？」と愛美の期待はますます高まる。

（これ……ご飯ご馳走《ちそう》になるだけじゃなくて、つまみ食いしてっていいやつじゃない？ってか向こうもその気だったり？　むしろ、自分一人しか出入りしない部屋に女を呼ぶって、つまりはそういうことでしょ？）

下世話な期待を隠しつつ、愛美は「すごい部屋ねえ」と誉めてやった。この言葉に、駿は少し苦笑してみせる。

「スタジオの立地は豪華なんですけど、撮影は僕一人だけで細々おこなっているんです。アングルとか固定気味になっちゃうし、手元の調整難しいし、誰かが撮影と編集に入ってくれたらいいんですけどね」

来たんじゃないこれ、と愛美は内心で拳《こぶし》を固める。

「私、デザイナーが本業だし動画編集もできなくないから、よかったら今度撮影とか込みで手伝ったげるよ？」

「わ、そうなんですか。いつもお料理のアドバイスもありがとうございます！　今日も色々聞かせていただけたら助かります」

広々としたリビングと一体化したキッチンダイニングは、きちんと整頓《せいとん》されていて、特に料理の香りはせず、何かが作られた形跡もない。「あれ、調理はまだ？」と愛美が尋ねると、「はい。これから作ります。愛美さんにお世話になろうかと」と、駿ははにかむような笑顔を見せた。

「何作んの？」

「今日のメニューは薄切り豚バラ肉の生姜《しょうが》焼きです！　頑張りますね。でも、お待たせする間に、お腹空《す》いちゃうと思うので……」

言葉を続けつつ駿は、深紅のテーブルクロスがかけられた木製のテーブルセットに愛美をエスコートした。

テーブルの上には花瓶が飾られている。花はスノードロップと、グリーンが欲しかったのかなぜかパセリまで活《い》けられていて、「お花のアドバイスも必要かしら」と愛美は内心で忍び笑った。

愛美が椅子に掛けるのを見届けてから、サッとキッチンに引っ込んだ駿は、あっという間にテーブルと往復して、ティーコゼーの掛けられたポットとティーセット一脚、そして、ホテルで食べるアフタヌーン・ティーのような豪勢なケーキスタンドに盛り付けられたお茶うけ一式を持ってくる。空色のマカロンやラベンダーのケーキ、一粒あたりがお高そうなツヤツヤしたチョコレートなど、どの菓子も美しい。

「へえー！　すごい。こんなのまで用意してくれてたんだ！」

「はい。お茶もちょっと珍しいのにしました。バタフライピーって言って、お花から作られた青いお茶なんです」

「ああ知ってる。有名よね。レモン入れると赤くなるんでしょ」

「さすが、博識ですね！　ご存じだとは思うんですが、それ自体の味はあんまりしないんです。けど、今回は蜂蜜とミントも入れてあるから飲みやすいですよ。お茶が青だから、お菓子も青系統のコンセプトに揃えてみました」

「へえー、綺麗《きれい》ね。でも青って不自然な色だし、次はもっと美味《おい》しそうな色にした方がいいよ？　クリームも食紅っぽいやつより天然色素の方がいいし。動画的にそっちの方がよっぽどバエるからさ」

「そっか、なるほど……！　そうかも！　ありがとうございます、気をつけますね。すみません」

「今回はいいよ、私だけだもん」

「……勉強になります」

愛美のアドバイスを受けて、駿はぽんと手を打った後、恥ずかしそうに頭を掻《か》いた。

淡めの肌色といい琥珀《こはく》色の瞳《ひとみ》といい、駿は全体的にどこか色素が薄い。元の顔立ちは綺麗に整っているのに、仕草や表情があどけなくてワンコ系なことも、アンニュイな魅力を与えていた。「ありがとうございます」と頷《うなず》いた彼は、さっそくポットを手に取った。

なめらかな白磁のカップに、神秘的なスカイブルーのお茶がコポコポと注がれる。

どうぞ、と勧められるまま一口含み、愛美は目を瞠った。

（あら、美味しい）

思わず口元を押さえた愛美だが、いけないいけない、と浮かれた表情を引っ込める。

あくまで安売りはしないのだ。

そんな愛美の様子など気づかない風で、「よかったらお菓子もどうぞ！　これは買ってきたやつだから、味は確かですよ」と、駿は白い器にどんどんお菓子をサーブしてくれた。これまた、どれも美味しい。

ふわふわと幸せな気持ちで、愛美は何杯もお茶を飲み、次々と菓子を口に運んだ。駿はなぜか手を付けず、嬉《うれ》しげにそれを見守るだけだ。

「そういえば駿くん、生姜焼きはそろそろ作らなくていいの？　あれさ、お肉をちゃんとタレに漬け込まないといけないから、早く下ごしらえした方がいいよ」

彼が、愛美の前の席に腰掛けたまま、いっかな動こうとしないので。愛美はふと気になった。

(やだ。ほんとに私に気があるとか……？　ってか、ひょっとしなくても。絶対これはそうよね……？)

なぜなら駿ときたら、テーブルに肘《ひじ》をつき、やや身を乗り出すように、じっとこちらを見つめているのだ。アイドルのように整った顔の中心、熱を孕《はら》んだ琥珀色のまなざしが、愛美に飽きることなく注がれている。微笑みを湛《たた》えた薄い唇に、愛美の心臓は否応《いやおう》なく鼓動を速めた。

しかし、その唇が次に紡いだのは、およそ艶事《つやごと》とは無関係な言葉だった。

「大丈夫ですよ。今回使うお肉、割と歳食った豚だけど、メスだし、お肉も新鮮だしで。血抜きをきっちりすれば、きっと美味しいものができるはずなんで。安心してくださいね」

(なんだ)

あまりに期待外れな内容に、やや肩透かしな心地を味わいつつ。愛美は片頬を引き攣《つ》らせる。……それにしても。

(うん？　……おかしいな。さっきから、妙に眠い……)

どうにも頭がくらくらする。タワーマンションは人体にあまりいい影響がない場合もあるというし、換気がしっかりしていないのかもしれない。それも後で教えてあげなければ、と思いつつ、愛美は先に振られた話題に応じることにした。

「ふーん？　材料の仕入れ先まで把握してるなんて、意外にしっかりしてんのね。お肉にする豚の性別とか古さまでわかっちゃうとか」

「はい。伊藤愛美さん、四十歳。……市にお住まいで、お勤めは川角《かわかど》出版ウィークリーレディ編集部ですよね？」

「え……」

（なんで。教えてないのに、私の苗字まで、……それに、住所と仕事……？）

そう思ったところで。

――ふっ、と。

霞《かすみ》がかかるように、意識が白く濁っていく。

すぐに目の前が暗くなり、やや遅れて、それが自分の瞼《まぶた》に閉ざされたせいだと気づいた。ガシャン、とテーブルの上に突っ伏した上半身は、もう何をどうやっても指一本動かせず。腕の下に、こぼれたお茶の、濡《ぬ》れた感触がする。バタフライピーに、ミントの香り。

「あ、効いてきました？　睡眠薬」

駿の楽しげに話す声が、頭の上から降ってくる。声も出ないまま、遠のく意識の中で、愛美はそれを聞いていた。

「サイレース、着色剤で入れたものが青くなっちゃうんです。バタフライピーはうってつけなので、それでお出ししたんですよ」

返事もないのに、彼は話し続ける。

──だめだ、と愛美は呻《うめ》いた。正確には、呻こうとしたが、もう吐息すら満足にこぼせない。

眠い、眠い、眠い。ただ一言だけが頭を埋《うず》め、抗《あらが》い難いそれに否応なく引き摺《ず》り込まれていく。

「愛美っていい名前ですよね。──料理には愛情、こめると美味しくなるって言いますから」

底抜けに明るい駿のセリフを最後に、愛美の意識は闇に沈んだ。

＊

スタジオに使っているタワーマンションは、一戸あたりの部屋数がやたらと多いのがありがたい。仮眠室も、動画編集ができる書斎もあれば、こうして作業スペースも作ることができる。鼻歌混じりにそんなことを考えながら、『彼』は、襟首を摑《つか》んだそれを、ずるずると引きずって廊下を歩いていた。

「うわあ、重い。かなり重いです、これ。僕、そんなに鍛えてない方でもないんですけど、丸々とよく肥えてるからなあ。脂が乗ってるぶん、そりゃ重いですよね。だって豚だし。豚にも霜降りっていうんですっけ、あは」

誰もいない虚空に向けて、『彼』は実況のようにセリフを紡いだ。

「手間がかからなくてよかったなあ。素直なのは美徳だと思いません？　初対面で出されたものを疑いもせず口に入れちゃうなんて。ああ、なんか頬赤らめてチラチラこっちを見ていたから、あれかな。『私食べられちゃうのかな』とか思ってたっぽいですよね。あはは。そう。――大正解ですよ」

彼は、やがてたどり着いた一室のドアを開けると、あらかじめ敷いておいたブルーシートの上に、「はあ、重かったあ」と持っていたものを放り投げる。

丸太のような手足に、ブックリとでっぱった腹。意識を失った顔は濃い化粧で彩られ、特に、韓国《かんこく》メイクを意識したのか、唇が不自然なほど赤い。

「そうだ。せっかくアドバイスもらってましたもんね！　食欲を削《そ》ぐような不自然な色は、落とさなきゃ。クレンジング買っといてよかった。まあ、いつもアドバイス、間違いだらけでしたけど。今回は特別に聞いておきましょう。最期、ですから」

作業部屋の中においたテーブルからポンプを取り、彼はティッシュに数回液体を出すと、倒れ込んだそれの顔を丁寧に拭《ぬぐ》っていく。「下ごしらえは丁寧に」と歌うように語りながら、現れた素顔を見て、『彼』は苦笑した。

「あーあ。肌荒れひどいですよ。栄養と睡眠取らなきゃ。肉質が悪くなるじゃないですか。でも、変な病気とかはしてないって話だし、見たとこ雑菌が入って化膿《かのう》のあるような傷もない。うん。素晴らしいです。優秀です」

それを覆う布を事務的にはぎ取り、使い慣れた解体道具セットを確かめた。

ナイフが二本、ロープとフック。立てっぱなしにしてある、大きな獲物を引っ掛けても壊れない丈夫な狩猟解体用の巨大三脚。除菌ウェットティッシュ。仮保管用のビニール袋。そして、たっぷりの保冷剤と、幾つものバケツになみなみと汲《く》んだ水。壁や天井は、血が噴き上がって汚すことを前提に、あらかじめビニールシートで覆ってある。

「それじゃ、ちゃっちゃと解体していきますねえー」

最初は寝かせて作業してたけど、血が飛ぶし肉が傷みやすいし、絶対吊《つ》るしでやったほうがいいと思って覚えたんですよね。大変でした。

そんな愚痴を交えつつ、まずは、外装を剝《む》いたそれの後肢を固くロープで縛り合わせ、結び目にフックを引っ掛け、てこの原理を応用して三脚のヘッドに引きあげる。「あー、ほんと天井高い部屋でよかったあ。よいしょ、うわ、やっぱ重い」と苦笑混じりに仕事を終えてしまうと、逆さ吊りになったそれの前にしゃがみ、贅肉《ぜいにく》に埋もれた喉《のど》が重力に従ってのけぞるさまを間近に眺めた。

「まずは放血です。とどめを刺すときは、可能な限り速やかに。でないと血抜きが不十分で、金臭くなって美味《おい》しいお肉になりません。血抜きが済んだら、しっかりと汚れを洗浄します。ナイフについた血はこまめにウェットティッシュで拭《ふ》きましょう。なお、豚さんは当然ですがこの時点で絶命します。命をありがとう！　いちおう手を合わせますね。南無三《なむさん》。……えいっ」

カメラは回っていない。

誰もいない空間に向けて、『彼』は表情豊かに、身振り手振りを交えて解説しつつ、粛々と手早く作業を進めた。

――瞬間、ビシャリとぬめった音と共に、赤い液体が頬に飛んだ。それを乱雑に手の甲で拭い、「おっと、肉の反撃！　油断してました！」と『彼』は軽やかに笑う。けらけら、けらけら。

「次に、腑分《ふ》け。内臓を取り出しちゃいます。お腹にたまっちゃってる血も、ついでに洗い流します。基本的に血はトイレで流すんですが、こまめにクエン酸ナトリウムを加えないと、凝固して詰まっちゃうから注意ですよ。で、ここがあまり知られていない食肉解体ワンポイントなんですが。臭みを取るために一旦《いったん》お肉を冷やします」

ビシャビシャと、吊るしたそれから、とめどなく血が滴り落ちる。しかし彼は、全く頓着《とんちゃく》しないで手を動かした。

皮を剝《は》ぎ、今度は全体の形を崩して細かい肉に解体していく。

根気の必要な分割作業だ。今回はとくに対象が大きいので、ナタやノコギリも出しておいて正解だった、と感想も付け加える。

それの太い頸部《けいぶ》にギザギザの歯を食い込ませ、勢いよく引いていく。首、胴、四肢。

各部位ごとに、細かな枝肉に分けていく。次は、骨と肉と臓物。それぞれを引きはがし、切り刻み、残った皮や毛などを丁寧に取り除きながら、保冷剤を敷いたビニール袋に保管していった。

「こっち、モツなんですけどね？　これがマルチョウでー、こっちはハラミ。横隔膜ですね。後で生姜《しょうが》焼きに使うのはバラです。解体前に麻酔を追加したけど、多分味にはあんまり影響出ないんじゃないかなあ。念のためよく洗っとこ」

じゃぶ、じゃぶ、じゃぶ。バケツに錆《さ》びた色がこぼれ、瞬く間に真っ赤に染まる。

「今回は豚の調理ですけど、僕、沖縄《おきなわ》の伝統的な、豚に対する扱い方って好きなんです。耳も顔も足も、部位ごとにちゃんと名称あって、普通捨てちゃうところも全部食べるじゃないですか。食材に無駄な所なんてないっていうね。僕もそう思います。だから、骨は煮出してスープにするし、皮も内臓も残さずちゃんといただきますよ。そういうの、大事だと思いません？」

相変わらず、返事はない。

「って、枝肉に分けるの、地味に結構な時間かかるんですよね。うーん……せっかくだから、僕がこういうお肉を食べるようになった、きっかけとか、話そうかなぁ。……そこらじゅうを歩いている〝あれ〟の味が気になったのは、もう三年くらい前だけど。なんていうかね。一応、色々気をつかうじゃないですか。常識的にね。何にもしてないのを食べるのもなあって。なんとなく。ほら」

ごりごり、ぎちぎち。ぬちゃり。ぐちゃり、ぽたり。

絶えず流れ続ける生々しい雑音をBGMに、彼は軽やかに語り続けた。

「でね。僕、思っちゃったんですよ。誰彼構わずはダメでも、食べていい相手を決めるのに、条件をつけたら大丈夫じゃないかって。だって、弱きを助け強きを挫《くじ》くとか、優しくなければ生きてはいけないとか。そういうこと言えるのは、人間が人間たる所以《ゆえん》ですよね」

理性で本能的な暴力性を制御できるからこそ、ヒトは弱肉強食の理《ことわり》から抜け出せているわけで。

「けど、食べるって要するに、自然界の摂理に身を置くってことだから――究極的には他の〝あれ〟を食べちゃったやつなら、僕も、同じように食べていいんじゃないかなーって、思ったんです」

他の〝あれ〟を殺したり、その生涯を奪ったり。そういうことをした個体なら、同じ野生の食物連鎖に転がり込んできたと見なしてもいいんじゃないか、って。

「愛美さん自身は、ご存じないかもなんですけども。僕の視聴者でもあったとある女性が一人、最近、亡くなっちゃったんですよ。番組を楽しんでくれているのがよくわかる人だったんですが。愛美さんのネットストーキングが原因で、ノイローゼになっちゃったとかで。部屋のロフトから首を吊ってね。ご家族と一緒の生活だったから、ご遺体がすぐに見つかったのだけが幸いかな。遺書もね。それに全部書いてあったそうで。で、調べてみたら、彼女の他にもまあ色々と……」

いわゆる特定をやる人って、逆に自分が特定されちゃうの、案外想定しないものなんですよね。不思議だなあ。絶えず語り続けながら、『彼』は微笑んで首を傾げる。

「ああ、だからって仇討《かたきう》ちとか、全然そんなんじゃないですよ！　食材を恨みながら調理する人なんていないでしょ。食肉業に関わる人も、みんな家畜には愛情を注いで育てて、つぶしているんです。僕も、料理をする人間としてそうありたいので！」

休むことなく仕事をしつつ、『彼』はふと、しみじみとつぶやいた。

「愛情……そうですよね。つくづく、今回のお肉はいいなあ。愛情はいつも込めて料理してるけど、材料の名前も愛だなんて、あはは」

自分の冗談にくすっと笑い、『彼』は手元に残った、切り離された頭部を両手で掲げる。顔をこちら側に向かせるように、ぬるつく赤黒い液体で濡れたそれにいとおしげに指をからめ、もはや開かれることのない、固く閉じられた瞼《まぶた》を正面に据えた。

「……僕の尊敬する料理研究家の動画配信者さんが、実況上手《うま》い人だから。ついついカメラ回ってなくても話しちゃうんだよなあ。はー、失敗失敗」

くすくすと、静かな室内に笑い声が満ちた。

話すだけ話したら興味がなくなった頭部を、ビニールシートに捨て置き。鈍い切断音とそれに伴う湿った音を響かせ、『彼』は楽しげに解説を加えながら、作業を再開させた。

＊＊4　あなたのための肉料理＊＊

奇妙なアカウントを見つけてしまった。

ぱっと見はなんてことない、お料理動画のアカウントだ。初めこそ純粋に、素人なりに頑張って作っている、面白い番組だと思って観ていた。

作業工程やポイントを実況解説しながら進めていくスタイルは、最大手の料理研究家たちの影響を強く受けすぎているけれど、それはそれで楽しいなあとか。手元を映してくれるのはわかりやすいけれど、やっぱり顔は見たいかもとか。我ながら小姑《こじゅうとめ》じみた鬱陶《うっとう》しい考察をその都度加えながら楽しんでいた。

まだできたばかりなのか、動画の数もそんなにないし、チャンネル登録者数も大したことはない。短文SNSアカウントも連動しているようだけれど、どっこいどっこいのフォロワー数だ。

けれど、――なんだろう。私は、その動画に、なんとも言えない違和感を覚えていた。

おそらく、同じ違和感を抱く人間なんて、私くらいのものではないかと思う。

それはひょっとしたら、私が、芸能ゴシップや政治問題をしつこく深掘りして、下世話な想像を惹起させるよう書き立てる週刊誌の編集部に配属されたばかりだから、――かもしれない。文芸誌や少年漫画雑誌で有名な出版社だったので、いつも叶《かな》うことならそちらに入りたいと願っているのだけれど、なかなか希望が叶えられないのだから仕方ない。あちらは花形仕事、人気部署なのだし。

それにしても、だ。――この「料理好きの男子大学生」という動画配信者。社会に向ける私の眼差《まなざ》しが、かなり擦れて斜《はす》に構えているということを脇に置いても。

やっぱり、何か、……おかしい。だよね。……うん。おかしい。

何がどうおかしいのかと、うまく表現する術《すべ》を、私は持たない。

強いていうならば、まるで、人間じゃないものが人間のふりをして、人間に擦り寄っている、ような……？

でも、なぜか目を離せない。

動画を開くたび、その中に垣間《かいま》見える、ほんのわずかな綻《ほころ》びや齟齬《そご》を、探偵のような気分で見つけ出すごとに。太鼓のように心臓を叩《たた》くものは、果たして恐怖なのか、スリルなのか、好奇心なのか。

――なんなら一度、会ってみたいとすら思う。「料理好きの男子大学生」に。

この、食材や道具を扱う長い指と、歌うように料理のことを語る明るい声音。それ以外は何一つわからない、奇妙で摩訶《まか》不思議な魅力を持つ人物に。

＊

（会ってみたい――なんってね。所詮《しょせん》言ってみるだけで。私の隣が伊藤《いとう》さんである限り、貧乏暇なしを地で行く私には、どだいそんな時間とりようもないんだけど）

高崎凜《たかさきりん》の仕事は、女性週刊誌記者、兼、編集者である。

箱ごとロッカーに溜《た》め込んでもはや常備食となったぬるいゼリー飲料を、死んだ魚の目で啜《すす》りつつ。凜はぼんやりと、己の身の上を思い返していた。

前の食事はブドウ風味の鉄分重視、その前は柑橘《かんきつ》系のエネルギー重視ので、そのまた前はロッカーまで這《は》っていく気力が尽きて、引き出しにあるビタミン剤のタブレットとエナジードリンクのみだった。

（いや別に、これはこれで面白い仕事なんだと思うの、本来は。上司も……編集長やデスクは、わりと常識的な人たちで、……突っ走りすぎた記事や企画を提案しても、いい感じに角をとるアドバイスくれるし……）

問題は、「まだ廃刊していないだけ」という、さほど重要な雑誌ではないが故の苦悩。編集部における圧倒的な人手と予算不足である。二十七で入社してすぐ、ここが離島どころか流刑地ではないのかという疑惑に、凜は常に苛《さいな》まれている。

何せ、社員が編集長と、デスク、凜の三人しかいないのだ。それに、契約社員の専属デザイナーである伊藤愛美《まなみ》が加わって、わずか四人の極小部署である。

重ねて言うが、週刊誌だ。曲がりなりにも週刊ペースを保たせておいて、この人数はふざけている。当然ながら、記事や取材はそれだけでは回りきらないので、流しの記者やフリーライターの手を借り、毎週カツカツで回している。回しきれずに休刊も多い。

——会社のかなり上の方に、この雑誌の存続に妙にこだわってる人がいるみたいで。その人の定年退職までは、どうにか存続させて守らないといけないいんだよねえ。

配属されてすぐ、編集長は素直すぎる告白をくれた。

ついでに、「ごめんねえ。本来ここに配属されるはずだった人たちが、一気に病休と、産休に入っちゃって。高崎さん、妊娠はもちろん結婚の予定もないって話だし、若いから元気だろうしで、生贄《いけにえ》にちょうどいいって人事が言ってたんだよ。じゃ、うちにくれって頼んじゃって」と、気の好《よ》さそうなメガネのおじさんといった風貌《ふうぼう》の編集長は、機嫌よく「そこは伏せといてください」という裏事情まで教えてくれた。今、生贄って言いませんでした？

（せっかく憧《あこが》れの出版社に入れたと思ったのに……こんなことなら前職、やめるんじゃなかったかな）

凜の前職は、映画やドラマ、アニメのサブスクで頭角を現している会社であった。大学卒業後すぐに入社してから、凜はそこで動画編集やウェブデザイン、レイアウトなどの勉強をさせてもらえた。

居心地のいい会社ではあったが、寝食の時間を圧迫されるほどかなりの激務だったため、そして、経営陣が社員のキャリアアップの過程として自社を捉《とら》えており、入った後も安住せずに別所へと羽ばたいていくことを奨励している特殊な社風であるがゆえに、凛は早々に本来の夢である出版社勤務を目指したのだ。そう、念願かなって転職に成功できたまでは、確かに僥倖《ぎょうこう》だったはずなのだが。

「高崎サン？　それ私の仕事じゃありませんけど」

（これだもんな）

――凛は今、隣の席にいるデザイナーの伊藤愛美に、ほとほと嫌気のさす毎日を送っていた。

生活を削られるほどの多忙さは前の会社と同じなのに。なぜだ。どうしてこんなに、居心地が悪い。

（なんで、伊藤さんの契約更新しちゃったんですか、編集長……!?）

今年でこの部署に勤めるのが二年目だという伊藤愛美は、配属されてきたばかりの時から、正社員の凛を目の敵にしているのが丸わかりの態度で接してくる。作業そのものは早いのだが、出来は粗く、指示通りのレイアウトが上がってきたこともなく、――おそらく指示を聞き流している――リテイクを頼んでも渋られる。

人数の少ない部署であるが故に、基本的に仕事のベースは凛と愛美の二人で回すことが多い。これが本当に骨が折れた。先輩という立場で遠慮がないのも手伝ってか、愛美はどんな仕事にも不満を言うわ、ついでに他部署の同僚たちに凜や編集部の根も葉もない悪口を流すわで、扱いが大変なのだ。

業務について尋ねると、「なんでそんなことも知らないんですか？」と返ってくるし、言ってもいないはずのことを「前にも言いましたけど」と舌打ちするし。後者に関しては、ボイスレコーダーを二十四時間稼働させていたとしても断じて言っていないとの自信がある。なぜなら彼女がまともに引き継ぎをしてくれたことは一度もなく、口を開けば「知りませんけど」「できませんけど」「自分で考えてやったらどうですか」しか言わないからだ。わざわざ仏頂面を作り、冷ややかな眼差しをして、凜が自分に話しかけてこなくなるのを待っていると言っても過言ではない。

でっぷりと肉付きのいい体を椅子に詰め込むように沈め、まるい指でスマホをいじりながら、「伊藤さん……勤務中なので、業務に……」という凜の注意を、「私の仕事は終わってるんで？　じゃ、早く次の仕事くださいよ」と平然と聞き流している。仕事を渡したら渡したで、「私の契約事務と違う」となんでもケチをつけてソッポを向く。その繰り返しだった。

正直な話、編集長もデスクも彼女を扱いかねている、とは聞かされている。しかし、この部署は流刑地だというのがネックだった。契約社員の人件費に割ける予算が少なく、おまけに人員不足のせいで新しい人間を探すための時間もろくに取れないのだ。結局、「単価が安い」「作業に慣れている」のが愛美だけのため、次年度更新の地位を確立している。態度が露骨に悪いのも凜に対してだけなので、余計に始末に負えない。

仕方ないので、突き返された仕事を、凜は結局自分でこなすことになる。前職のお陰でスキルがあるからかろうじてどうにかなっているものの、初めて尽くしの仕事であることに加えて、単純に業務量も多いので、本当に毎週がギリギリだった。

食事は毎度、もはや栄養補助食品のブロッククッキーを齧《かじ》る顎《あご》の力も残っていないので、十秒チャージを謳《うた》われる某ゼリー飲料である。編集部に泊まり込みで仕事をすることなどザラで、有休は一度も取ったことがない。予定がつまった挙句、なぜか土曜の晩から出勤して、帰るのが木曜の終電、翌日金曜朝から再び出勤、などという時もある。

日曜から水曜はどこへ？

どうしても必要な時はデスクや編集長に戻すが、彼らも愛美と直《じか》に関わりたくないらしい。「伊藤さんにもう一回頼んでみてよ」と無駄な往復をさせられるのは、ほぼ毎日のことだ。

（読者アンケートコーナー、私が個人情報を事前に削除しておくからレイアウト切ってほしいって頼んだのに、『高崎さんがミスってうっかり私の目に入っちゃったら問題なので』って……言い訳にしてもなんなの……？　おまけに、毎時毎分毎秒とにかくスマホスマホスマホ……いったい何をそんなに見るものがあるっていうのやら）

当分、ここで、このまま過ごすのだろうか。少なくとも、あと半年以上は、愛美の姿を隣に置きながら過ごさねばならない。

顔の美醜というものについてこれまであまり考えたことのなかった凛だが、ぼってりと腫《は》れぼったいまぶたに半分眼球を覆われ、唇をいつも不満そうにひん曲げ、あんぱんの頭部を持つ某国民的ヒーローの顔面を不自然に歪《ゆが》めて邪悪にしたような愛美の面構えを、生まれて初めて「醜い」と感じていた。

（……我ながら、恨みの根が深くてうんざりする）

四面楚歌《しめんそか》も疲労困憊《こんぱい》も、自分のためにある四字熟語ではないだろうか。泥舟で、終わりが見えない。

（あー……ほんと、死にそ……）

下瞼《まぶた》に常駐したクマの存在をひしひしと感じながら、凛はもう、ため息も出なかった。

隣で愛美は、またスマホを凝視している。いっそ画面を眼球に移植してもらえ。

何を見ているものか、たまに聞こえてくる「チッ」という舌打ちの音が、いちいち気になった。

＊

作業が一区切りついて時計を見上げた時、オフィスには、常習的に定時前から帰り支度を始める愛美どころか、編集長もデスクもいなくなっており。凛はそこでようやく、時計の短針がてっぺんを回るどころか、終電の時刻すら過ぎていることに気がついた。

る。

いつのまにか、自分の使っているスペース以外は電気が落とされ、オフィス内は薄暗い。ブラインド越しに見える空は真っ黒で、ビルの明かりがところどころちらついている。

（また泊まりかぁ）

月曜からこれだ。げんなりする。

ふと。――死にそうだ、と昼間に思ったことが脳裏に蘇《よみがえ》る。確かに「死にそう」ではあるが、よく考えれば「そう」だけでもないかもしれない。

（……死にたい、とまではいかなくても。別に生きててもしょうがない、とか。そんな感じなのかもしれないな）

憧れていた業種に就職できたかと思えば、現実はこんなざまで。疲れ切って家に帰っても、待つ人がいるわけでもない。進むべき目標や夢中になれる趣味があるわけでもない。率先して死ぬほどの理由はないから、とりあえず命を繋《つな》いではいる。でも、必死にしがみつきたいと願うほど、生きることに執着もない。

凜は想いを馳《は》せる。今の『高崎凜』を構成するすべてを、ボタンひとつで苦痛もなく強制終了させられたら、どんなに楽だろうかと。今、この建物に、この街に、この国に。そんなゆるっとした希死念慮を持つお仲間は、どれくらいいるのやら。

（あぁもう！　きっと寝てないせいだ。我ながらなんでもネガティブに考えちゃって嫌になるったら。仮眠室行こうか。シャワー浴びたいから、ネカフェの方がいいかな。でもちょっと遠いから、移動が面倒だし……）

すっかり凝り固まった肩をコキッと鳴らしながら回しつつ、凜は「うーん」と伸びをする。

凜は一人暮らしだ。いちおう都内に実家はあるが、昔から家族との折り合いは悪かった。大学は奨学金とバイト代を駆使して自力で入って出たし、転職後の勤務先すら知らせておらず、金輪際関わり合いになる気もない。

己の境遇については考えても仕方がないので諦《あきら》めてはいる。が、その一人暮らし用の部屋にすらまともに帰れないのは、いかがなものだろう。これはいっそ家を引き払い、ホテルリースやネットカフェ暮らしを検討した方がいいのかもしれない。

なんにせよ今日はここまでにしよう。いや、もはや「今日」ではないのだが、それはさておき。

ひとまず気持ちの区切りをつけるべく、凜は一日ほったらかしにしていたスマホを取り出し、短文SNSを立ち上げる。

『iの世話マジきつい。今日もこの時間まで残業』

そんな文章をぽちぽち打って送信したのは、フォロワーのいない壁打ち愚痴アカウントだった。

別に誰が見るものでもないが、もちろん個人や職務が特定できる単語は伏せてある。ストレス発散の禊《みそぎ》代わりのようなもので、毎日同じ言葉を呟《つぶや》くだけだ。

（あと、今日はどうかな）

女性週刊誌の仕事そのものは、決して嫌いなわけではなく、むしろきちんとした環境であれば好きになれていただろう。その証拠に凛は、終業後や就寝前などのひと時、「何かネタになりそうだったり、面白そうな話はないかな」とネットニュースやSNSを巡回する癖がある。

そして、そんな凛が今、最も個人的に興味を持っているアカウントがひとつある。

（うーん。……『料理好きの男子大学生』、今日は新作アップしてないんだ）

親指で、トントン、とスマホのふちを叩《たた》く。

そして、そう遠くもない記憶を呼び起こしてみた。「料理好きの男子大学生」――そのアカウントは、凛にとって、なんとも面妖《めんよう》な存在だった。


そもそも、「料理好きの男子大学生」を凛が見つけたのは、全くの偶然だった。

それこそ、愛美が日常と化した勤務中のスマホいじりをしている瞬間、アイコンとアカウント名がチラリと見えたのだ。

（伊藤さんがフォローしてる人……？）

できるだけ関わりを持ちたくない相手の関心事など、それで忘れてしまえばよかったのだが。なんとなく気になって、愛美が帰った後、凛はその名前を調べてみた。

（……料理中の実況をする動画アカウントかあ。あ、短文SNSもある。フォロワーは少ないし、映すのは手元ばっかり……。決して構成はうまくないけど、頑張ってる感が微笑ましいというか、素朴な感じで面白いなあ）

正直、凛は、料理があまり得意ではない。美味《おい》しいものを食べるのは好きだが、自分で鍋《なべ》を振ることはまずなかった。

ゆえに、お料理実況アカウントと知った時点で、興味を失っていてもよかったが、なぜか、そうはならなかった。結局、凛はそのアカウントを、追いかけることにしたのだ。

――そのうちに、とあるごく小さな違和感に気づいたのも、やはり、全くの偶然と言っていい。

（この配信者さん、若い男の子だよね。名前の通りなら、大学生なのかな……）

ぼんやりと流し見しつつ、なんだかおかしいな、と凛は首を傾げた。

流れてくる「料理好きの男子大学生」の声音は常に明朗だ。緩急があり、滑舌もよく聞き取りやすかった。逆しまに、のっぺりした感情の起伏の少ない話し方をする人物と言えば、たとえば編集部のデスクがそうだ。

しかし、配信を聞いていると、自分の知る限りの闊達《かったつ》な話し方をする若者より、なぜか中年のデスクの顔がよぎってしかたがない。どうしてそんなことを思い浮かべてしまうのだろう。

（――あ、そっか。抑揚！　この子の声、全然、感情の揺れや歪《ひず》みがないんだ。ずうっと潑剌《はつらつ》として明るいまま。動画の長さに関わりなく、十分でも二十分でも三十分でも、

変わらずに）

　できるだけ明るくハキハキと話す。それ自体は、動画配信者として必須《ひっす》のことなのかもしれない。高いテンションを保って、配信内容を可能な限り楽しげに視聴者に魅せることも、ある意味当たり前といえる。

　だからこの先については、本当に凜の勘にすぎない。

（なん、だろ……それにしたって、作られすぎているというか。まるで、人間じゃないものが人間のふりをして、人間に擦り寄っている、ような……？）

　馬鹿なことを考えている自覚はあった。

　同時に気味が悪くも感じる。この配信者にというか、会ったこともない、声と手しか知らない相手に、そんな偏見じみたことを思う自分自身に、だ。画質もそんなに良くないので、その声や手にしたって、本物にどれほど近いものやら。

　――しかし、ひとたび「変だ」という色眼鏡をかけて見始めると、なんでもおかしく目に映ってくるものだ。

＊

　回想を終え、凜はだらしなく背もたれに体重を預けてオフィスの天井を仰ぐと、スマホを顔の上に掲げた。

ちょうど一仕事が終わり、深夜で周囲に人もいない。いい意味でも悪い意味でも気が抜けていた。だからこそ今、見つけてしまったのかもしれない。

（……あれ？）

新作がないので、過去にあがった料理動画のサムネイルをなんとなく見返しているうち、「料理好きの男子大学生」の動画に、凛はさらに奇妙な点がある気がしてきた。

初回で宣言していた通り、「料理好きの男子大学生」は、肉料理以外を絶対に作らない。付け合わせに野菜を使った品を用意することはあっても、あくまでメインは肉。それは彼のポリシーだから、引き続き是非とも生かしていただきたいとして。問題はもっと、別のこと。

ステーキ、肉入り野菜炒《いた》め、骨付き肉のグリル。今までに、彼は色々なものを作って披露してきた。彼の調理する対象は、「今日は豚」「今日は牛」「羊」と動物の種類が変わるのはもちろん、「バラ」「ロース」「ハラミ」「ホルモン系」と、同時に部位も切り替わっていくのだ。

（お肉の種類が違うはずなのに。まるで、一頭の動物を解体して、順番に使っているみたい……？）

おまけに、改めて見てみると、赤身肉ばかりで、鶏肉《とりにく》など、色の薄い肉は滅多に使わない。赤色の濃い鴨肉は確認したことがあるが、出すにしても手羽先や手羽元は絶対にない。鴨や、時に猪をネタに持ってくる前に、鶏が先ではないかと思うのだが。

（そうだ）

凛はふと思い立って、今までアップされている動画を確認して、使われている部位と、動画の内容で気づいたことをメモしてみた。そして、ネットで牛や豚の各部位の名称を調べ、ひとつひとつ照合してみる。

（スーパーでは基本売っていないような塊肉を使うときもそこそこあるけど、肉屋で買ったとか業務用の卸店で仕入れたとか、入手経路を一度も言わないんだよね。それに、スープをとったっていう時は、わざわざ骨から煮出したよって報告はするけど、煮ている鍋とか使ったガラは見せない。それに何より）

やはり、細かく部位のローテーションが変わっている。どう考えても、同じ「何かの」一頭からとっているとしか思えないほど、綺麗《きれい》に一巡しているのだ。

それならば、初回に肉料理限定アカウントと称しているのだし、「豚一頭分、丸ごと全部使って料理作ってみた」などと、タイトルやキャプションに冠を入れた方が、絶対にキャッチーだ。

明るく朗らかで、人の心を惹《ひ》きつける話し方を心得ている「料理好きの男子大学生」が、そんなことに気づかないとは思えない。それに、キャプションどころか動画本編でも、そんな話はいっさいなかった。

（動物の種類を毎回変えていることから考えても……むしろ『一頭分』だってことを、隠そうとしている？）

だとすれば。

どうしても一つだけ。答えを聞くのが恐ろしいその一つを、凜は彼に問いたくて仕方がなくなってしまった。

(――その肉。ひょっとしなくても、普通の肉じゃない、よね？)

普通ではない、とすれば。

なんの、肉だろう？

(……な、なぁんてね！　はいはい妄想やめやめ！)

推理ドラマの見過ぎだろうか。このところ家に帰ってすらいないから、ろくにそんなもの見ていやしないのに。

邪推としか呼びようのないそれを無理やり打ち切ると、凜はわざと勢いよく椅子から立ち上がった。よりによって誰もいない、静まり返った真夜中のオフィスで、変なことを考えるものではない。怖い話は、そんなに得意ではないというのに。

(仮眠室行く前に、一回コンビニに出て夜食買お！)

気晴らしに外の空気を吸ってこようと、凜はつけっぱなしだったノートパソコンの電源を切ると、オフィスの戸締りをした。やけに暗く感じる廊下や階段を足早に駆け抜け、会社ビルの通用口に降りて「お疲れ様です、後で仮眠室借りに戻りますから」と守衛さんに鍵《かぎ》を返しながら、鞄《かばん》を肩にかけ直す。

――あの肉は、普通の肉ではない。

一度脳に染みついてしまったその言葉は、この時間でも交通量が多く煌々《こうこう》と街灯に照らされた夜道を通っていても、ピロリロ、と軽快な電子音の入店チャイムとともに行きつけのコンビニのドアをくぐっても、消えることはなく。

結局凛は、ゼリー飲料に慣れすぎてあまり食欲がなかったので、ツナマヨのおにぎりをひとつと、ペットボトルの麦茶だけ買って退店した。

会社に戻る途中、なんとはなしに、凛は通り慣れた道で脇見をしてみた。

真夜中でも絶えず明かりがともされて安心感を誘うそこは、交番だ。交番の前には、緑色の掲示板がある。『この顔見たら一一〇番』の決まり文句でお馴染みの指名手配犯の似顔絵と共に、偶然に目に入ったもの。子供や老人などの「探しびと」のチラシ。

その瞬間、凛は、先ほどまで一生懸命に考えないようにしていたことを直感した。

(なんの、肉か、って……)

会社に戻って、女性用仮眠室の二段ベッドに引っ込んでからも、凛の頭の中では、考え事がうるさくぐるぐると回り続けていた。

薄暗い部屋の中、布団に転がりながらスマホを引っ張り出して調べてみると、日本では、警察によって公表されているだけでも年間行方不明者数は八万人強、一日平均二百人もの人間が消えている計算になるという。警察に届けられもしない場合を含めると、もっといるはずだ。

(たとえば。あの肉。……あの肉が……人間なら？　……解体されて、調理されているのが、誰にも知られずいなくなった人だったなら？）

調理されているパーツを組み合わせると、何か大きな一頭分になるもの。

そして、自分でその一頭を入手して、解体していることを、ひた隠しにしたいもの。

彼のスタジオがどこにあるかはわからないが、なんとなく地方の最果てではない気がしていた。都市部だとすれば余計に、比較的数が多くて捕獲が容易なもの……。

最初は「馬鹿なことを」と一笑に付すべき妄想にすぎなかったのに。

なぜか、それはいつの間にか、凜の中で確信に変わっていた。彼がいつも楽しげに調理している出どころ不明のあの肉の正体は、――人間なのだと。

（動画編集やカメラアングルが素人に近いから、多分一人で撮っているみたい。ってことは単独犯なのかな。なんとも言えない不気味さがあるなあ……。ひょっとして、追いかけてみたら思わぬスクープになったりとか……！）

女性週刊誌に携わる端くれとして、記者根性のようなものもある。もちろん、知ってしまったからには放置はできまいという常識もあったが、同じく常識が「証拠が足りない」とも囁《ささや》いてくる。

（でも）

気味が悪いにも程がある、はずなのに。

なぜか、その確信に至った時。凜の頭にむくむくと沸き起こったのは、恐怖ではなく好奇心だった。

さらに、己でも理解し難いほど奇妙奇天烈《きてれつ》なことに――やはり一度会ってみたい、この人に、とすら思ったのだ。

＊

おかしなアカウントへのいささか不謹慎な興味とは別に、日常は続くものだ。そしてその日の凜は、非常に気分がささくれ立っていた。

（限界なんですが……！）

せめて仕事をしないならしないで、もう少し態度をどうにかしてもらえないだろうか。珍しく、仕事を一度も文句も言わずに引き受けたかと思ったら、締切直前になって「そんなの聞いてませんけど」と言い出したのまでは、まあいい。よくは全くないけれど、仕方ない。

（でも、今日がデッドラインだって言っても返事が『あっそ』だったり、『前から思ってたけど高崎さんって指示がほんとわかりにくい』『前の人はもっと仕事できたのに』『高崎さんがしっかりしてないから後でこっちが割を食う』ってバイトの子たちに吹聴《ふいちょう》するのは、ほんとどうかと思うんだけど⁉）

別に凜も立ち聞きするつもりはなかったのだ。しかし、たまたまトイレの帰りに、廊下で彼女が長広舌をぶっているのを見つけてしまった。愛美は凜に気づかず話に夢中で、おまけに自分の名前が出たので耳をそばだててみたら、それはもう、聞くに堪えない悪口雑言だったというわけだ。

（しまいには『編集長とデスクに色目をつかってる』『それで仕事を軽くして給料だけ増やしてもらってる』って、どういうことよ……!?）

内容が内容だけに、上司に相談もできない。やり場のない怒りを抱えて憤然と尽きることのない仕事に立ち向かっていたら、ちょうど昼休憩のベルが鳴った。

いつもなら、ロッカーからゼリー飲料を取ってきたら、啜《すす》りながらまた業務に戻るところだが、今日の凜は何せ虫の居所が悪かった。

普段からのストレスに加え、なぜこんなことまで言われなくてはならない。一体何の恨みがあって、愛美は凜にここまで酷《ひど》く当たるのだろう。わけがわからない。わかりたくもない。

怒りだけではなく、どうしてという気持ち、やるせなさ、理不尽さ、何もかもが腹の中で真っ赤にぐつぐつ煮えて、今にも胸から喉《のど》へと迫《せ》り上がってきそうだ。

幸い、外で休憩を取っているらしく、隣の机に愛美の姿はない。気を緩めた凜は、スマホを取り出すと同時に、いつものSNSで愚痴アカウントまで開いてしまう。ほとんど無意識のうちの行動だった。

『誰でもいいからiをどうにかしてほしい』

親指を滑らせ、思いついた言葉をワンクッションもおかずに即送信する。

『あいつがいなくなるならなんでもするわ。マジで誰か消して。iを』

なんだかんだ、言葉にしてしまうと、そこでスッと頭が冷える。

(何やってんだろ……私)

いくらフォロワー数ゼロで、身元を隠した壁打ちの愚痴アカウントとはいえ。

インターネットは公共に開かれた場だ。あまりに衝動的すぎた自分の言葉を恥じ、凜は先ほど送信したばかりの書き込みをタップして削除しようとした。

――その瞬間だった。

ピコン、と通知音と共に、ベル形のアイコンに、書き込みへの反応があったことを示す青いマークがついた。

(え?)

まだ書き込んでから数分と経っていない。見間違いかと思ったが、確かにマークは存在している。恐る恐る開いてみると、返信コメントはごくシンプルだった。

『誰でもいいの?』

「……え」

アカウント名は見たことがないもので、アドレスもデフォルトで作成される不規則な文字列だ。おまけに、個別のページに飛ぶと、書き込みが一つもないどころかアイコンもデフォルトのまま。当然プロフィールも空っぽで、見るからに捨てアカウントだ。運用開始は今月からとなっている。

(いや、……っていうかまさか、私の書き込み見て即作ったアカウントとかじゃないよね……あは……)

おまけに、凜が驚いて固まっていると、もう一つツリーにぶら下げてコメントがきた。

『本当になんでもしてくれる？』

「……」

いよいよ気味が悪い。

(何これ)

凜のアカウントは、所詮《しょせん》は特定もされようのない一般的な愚痴専用で、肝心の内容とて、先ほどの書き込みが一番過激なくらいで、大したことはなかった。そんな、どこにでも転がっているような代物に、即返信がついて、しかもこの内容。

スパムにしては、あまりに眼差《まなざ》しがこちらに向けられすぎている。――ゾッとしない。

(け、消そう)

凜は怖くなった。

慌てて設定ページに飛ぶと、アカウントそのものを削除する。赤いリンク先から表示された「本当に削除しますか？」の警告文を読み飛ばして決定ボタンを押したところで、ようやく自分が、息をも止めていたことに気づいた。

ほうっと空気の塊を吐き出すと、椅子の背もたれに体重を預ける。

(人を呪わば穴二つっていうし……気持ちわる。もう、これっきりにしよ……)

薄ら寒さはしばらく澱《おり》のように胸に残った。

ようやく気を取り直して業務に戻ろうかと思った時、オフィスの入り口に愛美の影が見え、凜は慌てて姿勢を正したのだった。

その時は、それで終わりだと思っていたのだが。

＊

「高崎さん、伊藤さんからなんか聞いてる？」

「……はい？　ええと……？　なんかって、何をでしょうか。すみません……」

そんなことがあってから、二週間ほど経った後。いつもどおり終わりのない仕事に追われていると、後ろを通りかかった編集長から何気なくそう尋ねられ、わけがわからずに凜は首を捻《ひね》った。

「いやね、伊藤さん、この月曜から来てないだろう」

「はい」

「無断なんだよね。こっちから電話しても出ないし。出ないってかあれよ、例のアレが出るんよ。『おかけになった電話は……』ってやつ。伊藤さん、いつでもスマホ触ってるイメージあるし、電源落ちてるのも電波届かないとこにいるのも意外でね。病気とか、身内の急な不幸とかさ。なんか聞いてないかと思って」

「……そうなんですか!?」

てっきり有休を申請して休んでいるのかと思っていたから、凛は驚いた。

愛美は、少なくとも凛から頼んだ分に関しては、驚くほどまともに仕事をしてくれないので、連休をとってくれて逆にやりやすくなったほどだと呑気《まゆね》に構えていたのだが。

そんなにお気楽な話ではなかったらしい。凛は「ううん」と眉根を寄せる。

「それは……ちょっと流石《さすが》にまずいのでは。もう水曜ですし」

深刻な顔をしながら、凛は「チャンスでは」と、こっそり不謹慎なことを考えた。

無断欠勤の連続は、愛美を雇用するにあたって契約の緊急解除の要件にも入っている。

何が不満だったかはわからないが、ここを愛美が「飛ぶ」ことにしたのなら、この機に編集長とデスクを説得して、早々に雇い止めにしてもらえないだろうか、なんて。

（いや、だから人を呪わば、だってば）

「あの、編集長。伊藤さんは確か実家暮らしだという話でしたから、ご自宅の方に、念のため連絡を入れてみましょうか……」

不埒《ふらち》な目論《もくろ》みを慌てて振り払いつつ、凛が編集長に提案した時だ。プルル、と古風なベル音で、デスクの上で共同の電話が鳴った。

「はい、川角出版ウィークリーレディ編集部で……」

慌てて受話器を取った凛は、電話の相手の名乗りに目を瞠《みは》った。

(伊藤さん、自宅にも戻っていないなんて)

電話をかけてきたのは愛美の母親だった。

家に戻っていないので、会社に泊まりがけで仕事をしているのではないかと思ったとのことらしい。

そこから数日かけて、事態はさらに驚くような展開を見せた。

愛美は煙のように姿を消し、行き先も家族に告げていなかった。そもそも両親と話をするのが食事の時くらいのものだったそうで、おまけにずっとスマホとばかり睨《にら》めっこしていたので、彼女が普段、どんな相手と付き合いがあり、何が好きで、どういうものにお金を使っているのかも把握していないという。

愛美の両親いわくの心当たりを、凛も手伝って、しらみつぶしに当たってもみたが、やはり足取りは杳《よう》として知れず。しまいには、先日調べた「行方不明者届」が警察に提出される現場に、図らずも行き合わせてしまうことになり。

凛はただただ、狐につままれたような気分で一連を見届けた。

(なんか、気持ち悪いな……この間、私の愚痴アカウントであったことも)

——誰でもいいの？　本当になんでもしてくれる？

ゾワ、と背筋を冷たい手で撫《な》でられたような怖気《おぞけ》に、凛は思わず鳥肌の立った両腕を抱きしめた。

落ち着け、と息を深く吸う。あれが誰であったとしても、「.i」が愛美のことだなんて知りようがないし、そもそもあの愚痴アカウントの中身が凛であることも、誰にも知りようのない話なのだ。

あの愛美のことだ。そのうちに、普通に「何を勝手にことを大きくしてるんですか」などと不満をこぼしながら、いつもの仏頂面を引っ提げて戻ってくるに違いない。わざと冗談めかして考えて、凛は胸騒ぎを宥《なだ》めた。

しかし、予想に反して、一週間経っても二週間経っても、愛美は戻ってこなかった。

彼女が自動的に退職扱いになったことを、複雑そうな顔をした編集長から聞かされ、凛はどうにも釈然としない気持ちで頷《うなず》くしかなかった。

＊

愛美が行方不明になっても、仕事は同じように降ってくるし、日常も続いていくものである。

頼んだ仕事を突っ返されて押し問答になったり悪態をつかれたり、ありもしないことで陰口を叩《たた》かれるストレスは無くなった。が、状況が状況なので素直に喜ぶわけにもいかず。おまけに、元々足りない人手が特に増えないまま、業務ばかりが減りもせず継続しているわけなので、極限状態は極限状態なのである。

「長期でべったり雇用が固定される契約社員は伊藤さんで懲りたので、短期から様子見できるようにバイトを入れようと思うんだ」

と、編集長とデスクが口をそろえて言った時、凜はほとんど脳みそが働いていなかった。「肝心のデザインの仕事は高崎さんがほとんどやってくれていたようなものだし、雑用全般を片付けてくれる子の方がいいと思ってね」「バイトの面接はもう終わったところで、さっそく感じのいい子が応募してくれて。と言っても専業じゃないから、来てもらえる時間は限定されるけど……」とかなんとか彼らが説明しているのに、ぼうっとした頭で「はあ」だか「はい」だか、鼻から息の抜けるような返事をした気がする。

だから、ある日。突然、愛美が今まで座っていた席に、見覚えのない男物の黒いリュックサックが置かれていて、凜はギョッとした。

そうか、新しいバイトさんが入るの、今日からなんだっけ……と。ようやく編集長の話に思い至った時、おりよく現れたリュックの持ち主に、凜はさらに度肝を抜かれることになる。

「佐藤駿《さとうしゅん》です！　今日からお世話になります。えっと、なんでもやります。よろしくお願いします！」

「え!?」

勢いよく頭を下げた『新しいバイトくん』は、まだ「男の子」と呼んでも差し支えないような年齢の青年だったのだ。

聞けば、近所の大学に通う学生さんだという。服装といえば柄ロゴ入りのネイビーのパーカーにカーゴパンツで、年齢も、まさかの二十歳ときたものだ。「うわ若い！」と、自分も一応二十代のくせに、凜はほとばしるフレッシュオーラのまばゆさに目が潰《つぶ》れそうになった。

色素の薄い栗色の髪は染めておらず地毛だそうで、琥珀《こはく》色の虹彩《こうさい》といい、色白の肌といい、なんとなく日本人離れした透明感のある雰囲気の持ち主だ。何より、凄《すさ》まじいレベルのイケメンだった。某国民的アイドルグループにいてもおかしくないような整った容姿とバカ長い脚に、凜は狼狽《うろた》えたあまり「ここ、弱小女性週刊誌の編集部ですけど、場所をお間違えなのでは……」と確かめかけたほどだ。

「こちらこそ、よろしくね。ええと、佐藤くん」

「駿ってみんな呼ぶんで駿でいいですよ！」

「じゃ、……駿くんで」

うわ、ぐいぐいくる、と凜は苦笑いした。

今の若い子ってこんな感じなのか。ニコニコと明るく笑い、凜の自己紹介を聞いて、

「高崎さんですね！　覚えました！　頑張るので色々教えてください！」と指まできれいな手を差し出してくる彼に、少々呆気《あつけ》にとられつつ。愛美とは違うそのなじみやすさに、どこか安堵《あんど》もした凜だった。

（ん？　でもこの子の声、どっかで聞いたことがあるような？）

ふと引っかかるものがあったが、駿と自分に接点などあろうはずもない。と、凜は気

のせいで済ませた。

＊

そして実際、駿は愛美とは天と地ほどの差があるよくできたバイトだった。

よく気が利き、よく笑い、明朗闊達《かったつ》を地で行くような彼は、凜とすぐに打ち解けた。まだ学生なので、もちろん愛美の契約内容にあったような専門的なデザイン事務などは任せられないが、今までも実質凜ひとりでこなしていたようなものだから、あまり問題はない。

それよりも、頼んだことをなんでも「わかりました！」と二つ返事で了承してくれ、こまめにチェックを挟みながらこなしてくれる駿の存在は、それだけで、配属されてこちら愛美の「私の仕事じゃありませんし」「いちいち私に訊《き》かないでくれます？」「間違ってるもなにも、指示がわかりにくいんですけど」のコンボ攻撃を受け続けていた凜にとって、癒《いや》しそのものだった。

学生の本分は学業なので、駿は講義がない時しかやってこない。とはいえサークル活動などはしていないらしく、「雑用でいいんで出版社で働くの、憧《あこが》れだったんです」と、空き時間は積極的に働きにきてくれるのだ。

土日も普通にシフトを入れられるので、編集長もデスクも重宝しているらしい。書類に記載の大学名は、誰でも知っている有名な某学府で、「確かにうちの近所だけども！　駿くん、めちゃくちゃ頭いいんだね⁉」と凜が驚くと、彼は「い、いえ、たまたまです！　ってかできるのは勉強だけで他はクソヤローです」と頰を搔《か》いて照れていた。謙遜《けんそん》の仕方が面白い子である。

空いた時間は、倉庫の書類整理なども自主的に片付けてくれる。何か間違える前に「お仕事の邪魔してすみません、これで合ってますか？」と遠慮がちに確認してくれるし、引き継ぎは真剣に聞いて、かつ内容も一発で覚える。凜が忙しそうにしていると、「何か手伝えることありませんか」と心配までしてくれる。

こんなに顔がいいのだから、チヤホヤされすぎて天狗《てんぐ》になったり傲慢《ごうまん》な性格になっていてもおかしくはないのに、接すれば接するほど、驚くほどにいい子なのだ。いったいぜんたい、何を食べて生きてきたら、二十歳の男子がこんな素直で天真爛漫《らんまん》に育つのだろう。

（なんだか弟ができたみたい）

実の家族と疎遠な凜だからこそ、その気持ちはくすぐったく、特別にあたたかくも感じてしまう。仲のいいきょうだいがいたら、きっとこんなふうではないかと。

職場の要《かなめ》は人間関係だ——とはよく聞くけれど。

駿が来るようになってから、編集部の空気は格段によくなった。わずか二週間ほどで、今までどんよりと澱《よど》んでいた灰色のオフィスの中に、新しい風が吹き込んできたようで。

空気がいいと食事も美味《うま》い気がする。そういうわけで凜は本日も機嫌よく、ロッカーストックのぬるいゼリードリンクを啜《すす》っていた。

「あの……高崎さん、すみません。前から気になってたんですが。もしかしてお昼ご飯、それだけだったり……します？」

ローヤルゼリー入りマルチビタミン味の最後のひとしずくを、アルミパックを握り潰しながら吸い出していると、たまたま昼からシフトに入っていた駿が、恐る恐るといった風情で手元を覗《のぞ》き込んできた。事実なので、凜はあっさり頷く。

「そうだけど」

「もしや毎食……」

「うん毎食」

「!? だ、だめですよ若い人がそんな。体調崩しますよ!?」

「だって面倒なんだもの。いろんな味あるし美味《おい》しいし、ちゃんと十秒でチャージできて便利よ、これ。だいたい若い人って、私別に駿くんほど若くないし」

「いやそういう問題ではなく、若くなくてもご飯は大事で！　いや高崎さんは普通に若いんですけどね！　……あー、論点ズレてきたや、えっとですね」

深刻そうに、柳の葉のような整った眉《まゆ》を八の字にして、彼は自分のデスク横にひっかけていた黒いリュックを引き上げた。

何を取り出すかと思えば、銀色の保冷バッグだ。中に入っていたのは、青い蓋《ふた》でお馴《な》染《じ》みの円筒形プラスチックタッパーである。

首を傾げる凜をよそに、彼は給湯コーナー備品のレンジでそれを温めると、割り箸《ばし》を添えて差し出してきた。なんとも手際がいい。

「高崎さん豚汁って食べますか」

「え？　うん、好きだけど……」

「それじゃ、よかったらこれ」

青い蓋を開けると、ほかほかと白い湯気と共に、味噌《みそ》と出汁《だし》が甘く香りたつ。白っぽい汁の中には、油揚げやこんにゃく、豚と思《おぼ》しき薄切り肉、大根や人参《にんじん》やネギなどが、彩りよくゴロゴロと覗いている。——控えめに言って、ものすごく美味しそうだ。視覚と嗅覚《きゅうかく》から同時に暴力的な刺激を受け、長らくゼリーとビタミンタブレット以外のものをろくに摂取してこなかった胃袋が、ぎゅうぎゅうとけたたましく鳴き出した。

ごくん、と生唾《なまつば》を飲み。豚汁から目をもぎ離すと、凜は傍らに立つ駿に尋ねる。

「ど、どうしたのこれ」

「作りました」

「駿くんが!?」

「僕がです」

「なんでまた!?」

「いや、その……なんていうか。高崎さんの栄養状態があまりに不安だったので、お腹に優しいものをと……。それに、いつも色々教えてもらったりして、お世話になってるし。けど僕バイトだし、デザインとかはできないし。で、他になんかできないかな、とか……」

だんだん声が尻《しり》すぼみになったかと思えば、続けて「……って、普通引きますよね、余計なお節介してすみません……」と、裁きを受けるような神妙な顔つきで宣《のたま》うので、凛は思わず笑ってしまった。

（ってか、情けないなあ我ながら。まだ学生さんのこの子に、そんな心配かけていたとは）

曲がりなりにも社会人の端くれとして、かなり恥ずかしい。申し訳ないやら気後れするやらで、凛は誤魔化しがてらわざと明るく尋ねることにした。

「駿くんってお料理、好きなの？」

この問いに、駿はパッと顔を輝かせた。琥珀色の瞳《ひとみ》がキラキラしている。

「大好きです！　特に、肉料理が得意で。それと、自分が作ったものを誰かに食べてもらうの、すんげー好きです」

「そっか……」

それじゃ、遠慮なくいただこうかなあ。食欲に負けた凛の言葉に、「遠慮なくどうぞ！　お願いします！」と駿はタッパーをぐいぐい押し付けてきた。

お言葉に甘えて、ふちに口をつけてそっと含むと、優しくまろやかな甘さが舌の上に広がる。滋養のある、というのはこういうもののことを指すのだろう。箸で摘《つま》んで口に放り込んだ根菜類はほろほろと柔らかく、お肉も嚙《か》むほどに旨味《うまみ》がぎゅっと凝縮されている。

「すっごい美味しい！」

思わず素で声を上げた凜に、「本当ですか！」と駿はくしゃっと破顔してみせた。

「なんか、私の知ってる豚汁と違う！　味が深い？　っていうか、香ばしくてコクがある気がする。ほんのり甘いのも好き」

「実は、お肉と一緒に長ネギと牛蒡《ごぼう》とこんにゃくを、先に炒《いた》めてあるんです。その時に、ごま油と米油を半々に混ぜて使うのがコツで……味噌は、塩控えめの麴《こうじ》味噌に白味噌をちょっとだけ合わせました。甘みがある方がホッとするかなって」

「人参と大根も柔らかいね」

「イチョウ切りにしたら料理酒ぶっかけて、レンチンしてから入れると、火が通るの早くなるんですよ！」

「そうなんだ……！」

今までの人生で料理には全く興味のなかった凜だが、駿が楽しそうに身振り手振りを交えて話すのを聞いているうちに、なんだか「ちょっと面白そうかも」という気分になるのが不思議だ。

「高崎さんも料理するんですか？」

「いや全然。ごめん。コンロも鍋《なべ》も炊飯器も包丁やまな板も買ってないレベル」

「……」

何気なく尋ねられたので、何気なく答えると、駿は笑顔のまま固まった。

「か、……カセットコンロは買おうかなって、検討してるところだよ？　レンジはあるし」

もうちょっと包めばよかったかな、と視線を泳がせる凛に、駿はやや逡巡《しゅんじゅん》するように間を置いてから、こんな提案をくれた。

「高崎さんさえ良ければなんですが、これからも、料理作ったら試食してもらっていいですか？」

「いいの!?　むしろ駿くんが！」

だとしたら願ってもない話だ。先ほどの豚汁はもう一滴も残さず凛のお腹に収まってしまった。

お金を払ってでもいいから作ってもらいたい、むしろ払わせてほしいと言うと、「それはいいです。味に評価が欲しいので、僕にもメリットあるんです」と断られてしまう。ならば「いくらなんでも学生さんに奢《おご》ってもらうわけにはいかないから、材料費は払うよ」と主張したが、「趣味なんで結構です！」と固辞されてしまい。結局、凛のセレクトしたおやつと物々交換という形にあいなった。

*

かくして、昼からシフトが入る時や土日にはいつも、駿はお手製の料理を振る舞ってくれるようになった。豚の角煮、ポークチャップ、薄切り肉のアスパラ巻き……。彼の作る品々は、凝っていても素朴でも不思議と心惹《こころひ》かれる味わいで、凜は、あっという間にその虜《とりこ》になってしまった。

「でも、タンシチューだなんて、よく作れるなあ。そもそも牛タンを買って自分で調理してる時点で、もう。駿くんは本当にすごいよねと」

ただの料理好きな男子大学生であるはずの駿に、凜はいつも感心してしまう。何にって、材料の仕入れにだ。

例えば塊肉の煮込みやラムチョップグリルだなんて、普通に仕入れたら材料費はなかなか馬鹿にならないはずなのに。彼ときたら毎度、どこからともなくさらりと持ち出してくる。その、料理に対する飽くなき熱意とモチベーションは、どこからきているんだろう……。普通は疑問に思ってしかるべきだし、実際に凜も驚かされている。

凜が褒めると、駿は照れたように微笑んだ。手には、本日の物々交換のお品、裸婦のロゴで有名な高級チョコレート店の紙袋が握られている。値の張るお菓子を渡すと駿は恐縮するのだが、正直これでも安いと思っている凜だ。誰かが自分のために用意してくれる、しかも美味《おい》しい手作りの料理は、プライスレスなのである。

「実は、秘密の仕入れ先があって」

「へえー！」

「……気になります？」

不安そうに確かめられるので、「ひょっとして激安スーパーとかなのかな？」と凜は首を傾げた。だとしても全く気にしないよ、という意図を込めて「ううん？　私自身は料理、あまりできないし……」と答えておく。

「何でもすごく美味しいから、やっぱり材料費で負担かけてないか心配になっちゃって。そうじゃないなら全然」

そんなふうなことを、しみじみと告げると。駿はわずかに琥珀《こはく》色の双眸《そうぼう》を瞠《みは》り、それから嬉《うれ》しげに「はい、ありがとうございます」と頷《うなず》いた。なんだか、柔らかそうな毛の色といい、彼はよく慣れた柴犬《しばけん》を彷彿《ほうふつ》とさせるところがある。

「駿くんはどうして料理をするの？　煮込み料理とかって、結構な大変さだと思うんだけど……何か特別な理由でもあるのかなって」

本日のメニュー、スペアリブのオレンジマーマレード照り煮をもぐもぐと咀嚼《そしゃく》して飲み込んだ後。凜はふと気になったことを尋ねてみた。

ちなみに、このスペアリブも絶品だった。「味が染みて、柔らかい……骨からお肉がスルスル取れる！」と感動すると、「実は三日くらい秘伝のタレに漬け込んであります！」と駿はガッツポーズつきで教えてくれた。

凛の問いかけに、駿は「うーん」とやや思案した後。こんな答えをくれた。

「料理、というか食事は、人間の基本なので」

「まあ、確かにそうだけど……」

それだけ？　と凛が首を傾げると、駿はさらに長い指を顎《あご》に添えた。整った顔立ちが翳《かげ》りを帯び、きちんとした答えを見つけようとしているのか、表情が真剣なものになる。

やがて彼は、「んー……」と四苦八苦したように言葉を紡いだ。

「……三大欲求ってあるじゃないですか」

「あるねえ」

「睡眠欲と食欲と性欲と。まあ、最後の一つについて話したらセクハラになっちゃうので黙るとして。睡眠と食事がないと、人間、死んじゃいますよね。そこから発展したマズローの五段階欲求とかも言いますけど。あれだって、生理的欲求が満たされないと、自己実現欲求はおろか承認欲求も満たされない、らしいじゃないですか」

だからかなあ、と。駿は訥々《とつとつ》と語った。

「とりあえず、今日作ってきた料理の理由は、そうです」

「そうです、って？」

「なんていうのかな。ほんと、ただのバイト同僚が何言ってんだって話なんですけどね。高崎さん見てて僕、……ちょっと心配で」

「！」

続いた言葉に、凜は虚をつかれて息を呑《の》んだ。

「だって、今すっごくすっごーく疲れてるじゃないですか、高崎さん。ご飯とか自分のためにろくに作んないの、苦手だからってだけじゃないでしょ。なんでかっていうと、毎日すごくすごく頑張ってるから。忙しいから、でもあるんじゃないですか？」

「それは……」

確かに凜は、料理が苦手だし、不精すぎて碌《ろく》な調理器具ひとつ揃えていない。そもそも、自宅に帰っている日の方が少ないくらいだ。今は、駿の料理のおかげで、少しばかり人間らしい生活の一部を取り戻してはいるものの。

しかし、もし時間や気持ちに余裕があれば多少は違った可能性は考えられる。せめてスーパーでお惣菜《そうざい》を買ったり、自ら米を炊くくらいはしていたのかもしれない。宇宙食みたいなチューブゼリーばかり、飲んでいなかったのかもしれない。

（もしくは、あたたかい家庭で育ってたら、ちょっとは何かが違ったのかな。お母さんの味、みたいなものを、自分で作ろうと思えたのかも……）

ふと詮《せん》無いことが頭の片隅をよぎるが、すぐに追い払う。考えたところで「今さら」以外の何物でもない話だ。苦い顔をする凜を少し案じるように見つめた後、駿は話を続ける。

「でも、今の社会って『みんな』それぞれ忙しくて大変で頑張ってるから、高崎さん一人が疲れてるのを置き去りにしがちだって思うんです。事実として間違いなく、あなたは誰かに理不尽に傷つけられたり、ヘトヘトに疲れきってるのに、ですよ！」

言っているうちに腹が立ってきたのか、駿は形のいい眉《まゆ》をグッと寄せ、ため息をついた。

「……だから僕、目の前で頑張って、頑張りすぎて疲れてるあなたを、ちゃんと見てるやつになりたいんです。僕が作った料理で、ちょっとでも元気になる人がいたらいいなと思うんですよね。それで今はとりあえず、高崎さんに元気出してほしくて、美味しいって思ってほしくて、作ってます。えっと……答えに、なってますかね……？」

「……っ、うん……」

返事の声が喉に詰まる。気づいてくれた。この子だけが。己の孤独と、生き辛《づら》さに。

饒舌《じょうぜつ》に語る駿に、凜は、なんだかじんと胸が熱くなってしまった。

（どういう経緯で手に入れた材料で作られたものであれ、どんな意図があって作っているものであれ、構わない。少なくとも、駿くんの料理という存在に、私は癒《いや》されている）

そうだ。誰かの役に立っているという、それだけで。事情なんてどうでもいい。等しく尊いものではないか、――と。

「ありがとうね、……駿くん」

「いえ、ほら、最近よく言うじゃないですか。あれです。ご自愛ですよご自愛！　忙しくて真面目な人ほど、自分の労《いた》わり方がわかんないもんなんじゃないかって気がしますし。だから、とりあえず会社にいる間は、高崎さんのご自愛推進担当大臣を僕がやってもいいですか……なんて」

不遜《ふそん》かなあと思うんですけど。苦笑混じりに、駿がそんなことを言ってくれるものだから。

「……駿くんはいい子だなあ」

凛は目一杯明るく笑った。久しぶりにこんなにも晴れやかな気持ちになったものだ。

そして、うっかりまなじりからこぼれそうになっていた透明な雫《しずく》を隠すべく、顔を背けた。

とはいえ、もし涙を見せてしまったとしても――気遣い屋で聡明《そうめい》な駿のことだから、きっと気づかないふりをしてくれるだろうけれど。

＊

この子、本当は座敷童《わらし》か何かじゃないだろうか――と。駿が来てから三ヶ月ほどが経過した今、凛はしみじみと感心している。

まず、雑用の類《たぐい》を全てこなしてもらえることで、物理的に業務が楽になっただけではない。例の「定年退職を待たれている、こだわりの強いお偉方」からなんらかの指示が下ったらしく、廃刊間際の弱小雑誌である編集部に、新たに正社員が中途補塡《ほてん》されることになったのだ。

新しく加わったのは、青年誌から来た壮年のベテランで、部内の顔ぶれはおじさん三人、若いバイト青年一人に女一人になり、よって凛は相変わらずの紅一点だ。されど居心地の悪さがあるわけでなし、愛美は同性だったけれど、だからと言って仕事がやりやすかったかといえば全くそんなことはなかったので、つつがなく業務が回ればそれで構わないと凛は思う。

そして、そんな新しい面子《メンツ》のおじさん同僚は、無愛想だが仕事はキレッキレにデキる人だったので、凛の仕事は段違いにやりやすくなった。楽になったのは編集長やデスクも同じだったようで、土日も当たり前のように入っていた仕事はなくなり、人間らしい週末を謳歌《おうか》できるようになったものだ。

忙しさはかなり緩和されたが、凛の食事事情はゼリー飲料にコンビニおにぎりやホットスナックが加わった程度で、駿には相変わらず心配をかけているらしい。

「凛さん。よかったら今度の土曜、調理器具見に行きませんか？」

見かねた駿から――この頃、駿は『高崎さん』から『凛さん』と呼ぶようになっていた――かような提案を受け、凛は「え」と口に運ぼうとしていた豚肉の照り焼きを器に取り落とした。なお、ツヤツヤとみりんと醤油《しょうゆ》で表面が照り映えるそれは、言わずもがな駿の作である。玉ねぎのすりおろしに漬け込んでから焼いてあるらしく、箸《はし》で切れるほど柔らかな肉に絡んだ甘辛味が絶品だ。

食事中にすみません、と謝ってから、駿はおずおずと切り出した。

「こないだカセットコンロは買ったたって話でしたけど、鍋《なべ》と包丁はまだなんじゃないかなって。凜さん料理覚えたいって言ってたから、……えと。土曜じゃなくても。どうでしょう」

「う」

図星だったので、凜は目を泳がせた。

「助かるけど、いいの？」

「いいんです！　むしろ歓迎です！　料理仲間増やしたいんで！　ってか言い出したの僕なんで！」

「それもそうだね！」

駿とは、このところさらに親密さを増している。

いつもご飯を作ってきてもらっているからと、物々交換の一環として、外食を奢《おご》ることもあり。ごく自然と、二人で連れ立って出かけることも珍しくない。

あまりによく一緒にいるので、「ひょっとしてきみたち付き合ってるの？」と編集長に揶揄《からか》われたこともあるのだが、「いやそれはないです」と即否定してしまった凜である。

ずいぶん年下だということを差し引いても、駿はどこか、そういう生々しいこととは一線を画するような、独特な雰囲気があった。「ご飯は大事です！」と健気《けなげ》に教えてくれるこの青年は、一種、凜にとって聖域のようなものなのだ。下賤《げせん》の話題に巻き込みたくない。そして、果たして駿の方も、そういう色気めいた雰囲気を凜に対して出してくることは一瞬たりともなかった。想像したこともないほどだ。

（ものすごく楽だなあ……）

駿といると、呼吸がしやすい。

恋愛的な要素は一切ないのに。――こんなに自分のことを思ってくれて、自分のために時間や手間ひまを惜しまず、美味《おい》しいご飯を作ってきてくれる駿の存在に、凛はどんどんのめり込んでいくのを感じていた。「仲のいいきょうだいがいたら、こんな感じだろうか」と、かねて思ってもいたけれど。心のこもった料理のあたたかさは、確かに駿に教えてもらったのだ。

凛にとって、彼の存在はもはや、ぽっかり空いた心の隙間を血縁に代わって埋めてくれる、疑似的な家族とでも呼ぶべきものへと変わっていた。

「包丁と鍋、こないだめちゃくちゃおすすめのやつ見つけたんです。特に包丁、野菜も肉もスパスパいけるんですよ」

「弘法《こうぼう》筆を選ばずっていうから、料理得意な人って道具はどんなのでもいいのかと思ってた」

「や、そんなことないです！　切れない包丁とかこびりつく鍋とか、道具がよくないとだんだん料理も苦痛になってくるんで。最初が肝心です。けどまあ、安かろう悪かろうとは限らなくて、百均の道具もなかなか侮れないんですけどね。生肉切る時はまな板シート敷くと後が楽だし、三百円商品だけど、紐《ひも》引っ張るとみじん切りしてくれるチョッパーとか一個あると便利ですよ」

調理器具のことを楽しそうに話している駿を見ていると、「本当に料理が好きなんだな」と凜はほっこりした。

同時に、心底いい子だなあ、と心が温かくなる。

愛美と毎日隣同士で仕事をしていた時は、「なぜこの人はこんなにも、道理も理屈もとおらない悪意に満ちた接し方をしてくるのだろう」と不思議だった。きっと彼女にも何かそうせざるを得ない事情があり、日々満たされないものがあったのだろう。けれど、それが凜になんの関係があるというのか。あの頃は、嵐の如く理不尽な邪悪さに晒《さら》されて、己の魂が荒《すさ》んでいく様子を、まるで人ごとのように俯瞰《ふかん》していた気がする。

駿は真逆だった。それこそ道理も理屈も関係なく、ただ純真で無邪気で、息をするように自然に、素直に、凜を案じてくれる。おまけにきっと、それは「凜がたまたま隣の席だった」というだけの理由なのだ。

隣に座っている人がお疲れ気味で、食事をおろそかにしていて、他方、自分は料理が偶然にも得意で。だから、お疲れ気味のその人のために、料理を作ってこよう、と。

——そんなことを、当たり前に考えて、実行してしまえるのが駿だ。

すっかりその優しさに依存し、溺《おぼ》れ切っているうち、駿のいない日常なんて、凜には考えられなくなっていた。

作り物のように綺麗《きれい》な顔に浮かぶ、笑み崩れる、という表現がしっくりくるような天真爛漫《らんまん》な表情は、「まじ天使」とタグを額《ひたい》に貼り付けたいほどだ。

（私のために一生懸命になってくれるこの子のために、何かできないかな……）

こんなことを考えるなんて、我ながらずいぶん心に余裕が出てきたな、と凜は思った。

そして唐突に、かつて愛美がいた頃、彼女由来で見つけた料理動画アカウントのことを思い出した。それにまつわる不気味な想像を巡らせていたことも、同時に蘇《よみがえ》る。

まったく、ろくに根拠もないくせにあんな幻覚に取り憑《つ》かれるなんて、あの時の自分はどうかしていたのだろう。その証拠に今、愛美が消え、駿が現れてからというもの、凜は一度も例のチャンネルを開いたことはなかった。

思えば「料理好きの男子大学生」なんて、なかなか誰かさんとキャラが被《かぶ》っている。帰ったら久しぶりに見てみようか。

それはさておき。凜はクスッと笑うと、目の前の駿に問いかけた。

「なんか、駿くんにはいつも色々よくしてもらってばっかで申し訳なくって。私も駿くんに何かできないかな？」

「え、そんな。こないだ飯奢ってもらいました！　ホイル焼きの俵形ハンバーグ美味《うま》かったです。ちょっと僕も作ってみようかなって思いましたし」

「再現できるの⁉　すごいね」

「うまくできたら持ってきます！」

「わあ、楽しみ……じゃなくて」

気づけば話題が逸《そ》らされていることに気づき、凜は「いけないいけない」と慌てて軌道修正をかける。

「私に何かできること、ない？　お菓子とか外食のお礼以外で」

再び、今度はしっかりと琥珀《こはく》色の一対を見つめるようにして確かめると、駿は首をコトンとかしげた。

「本当に、なんでもいいんですか？」

ふと凜は眉《まゆ》をひそめる。

（……？）

駿の、見慣れたその淡い色の奥に、何か不可思議な揺らぎを見た気がして。

笑みを絶やすことのない整った顔が、一瞬だけ、ふっと火を消したように真顔になる。

もっともそれは一瞬のことで、瞬《まばた》き一つの間に彼はいつもの笑顔に戻っていたので、気のせいだったのかもしれないと凜は片付けた。

――誰でもいいの？

――本当になんでもしてくれる？

駿の言葉になぜか、かつて持っていた愚痴アカウントにきた奇妙なコメントのことを思い出す。なぜこのタイミングで、と凜は己の連想センスの悪さに噴き出しそうになった。

「なんでもいいよ。なんでもしたいな」

気を取り直して本音で答えると、駿は「じゃあ……」と躊躇《ためら》いがちに切り出した。

「実は僕、このあいだから動画配信を始めることにしたんです」

いかもって」

「はい。料理作ってるとこ、せっかくだから、撮っていろんな人に見てもらえたら楽し

その言葉に、どきりと心臓が音を立てた。

(いや、まさかね。料理してる男子大学生なんて、一人暮らしの子だったらものすごい数いるだろうし)

始めることにした、という言い方からして、決意自体が昨日や一昨日《おととい》と考えられる。まだチャンネルを作成しているかも怪しい。

しかし、「もういくつか流してあるの?」と尋ねる気にはなれなかった。……どうしてなのか、自分でもよくわからない。

「でも僕一人じゃ編集も撮影も大変で……できたらそのへん手伝ってくれる人を探してるんです」

凜の内心の動揺をよそに、駿は申し訳なさそうに告白した。

いつも通りのその様子に、凜は胸を撫《な》で下ろす。

大丈夫、いつもの駿だ。

「それなら任せて! 私、前職の関係で、その辺のこと、割と得意なの。プロ……とまではいかないけど、そこそこの腕は期待してもらっていいよ」

腕まくりして請け合う凜に、ホッとしたように駿は微笑んだ。

「ありがとうございます。じゃあ今度、スタジオに使っている部屋にご案内しますね。もちろん、調理器具買いに行った後でいいんで」

「スタジオ？　意外に本格的なんだね」

「はい。一度始めたらこだわりたい派なんです」

　それから、料理についてだったり、仕事に関わる雑談をしながら、凜は駿のスタジオを訪れる約束を取り付けたのだった。


　昼休みが終わった後、凜は業務に戻った。駿の方は今日、午後までのシフトらしく、

「これから五限に出るんです」と鞄《かばん》にいそいそとスマホやら自前の筆記具やらをしまい始める。凜が綺麗に食べた照り焼きを詰めてきたタッパーも、保冷バッグに戻される。念のため、きちんと洗剤とスポンジを持ち込んで凜が自分で洗浄していることを断っておきたい。

（お？）

　――ふと。その大きな黒いリュックの中に、分厚いソフトカバーの単行本が見えた気がして。凜は首をかしげた。

「重そうな本だね。勉強に使うの？　学生さんは大変だ」

「あ、これは課題とかじゃなくて、普通に趣味のやつです。こないだ図書館で借りてきたんです」

そう言って彼がわざわざ取り出して見せてくれた本の表紙を見て、凜はドキッとした。

もっとも、さすがは賢い大学の学生というべきか、翻訳でなく原著らしい。英語でタイトルが書かれているが、蛾をとまらせた女性のものらしき繊細な指先を描いたイラストは、見覚えがある。

白抜きで綴《つづ》られた一文字一文字を確かめるように、凜は、ゆっくりと目で追う。

(THE SILENCE OF THE LAMBS……)

——『羊たちの沈黙』だ。

「……駿くんは、ずいぶん古い本を読むんだね」

「あっ、凜さんもご存じでしたか! やー、ずいぶんってほど前でもないですよ、僕が生まれる前の作品ではありますけど……。これ面白いですよね。ちょっと怖いのがまた」

もちろん、と凜はゆっくりと顎《あご》を引いた。トマス・ハリスの代表的な著作であり、特にアンソニー・ホプキンスの怪演する映画化で、世界的に有名となった一作だ。

『A census taker once tried to test me. I ate his liver with some fava beans and a nice Chianti.

(かつて、とある国勢調査員が私をテストしようとしたことがあった。私はそいつの肝臓を食ってやったさ。付け合わせに空豆を添えて、うまいキャンティ・ワインのつまみにね)』

その中に登場する悪役、ハンニバル・レクター博士のセリフも、同時に頭に浮かぶ。

そう、あまりにも名の知れた小説である。

――カニバリズムを扱った、その内容とともに。

＊

スタジオ訪問の当日。

凜が、約束の場所として指定された近所のシアトル系カフェチェーンに着いた時、駿はテラス席に座ってコーヒーを飲みながら本を読んでいた。

シンプルなダークレッドのシャツを着こなし、ウォッシュドデニムに包まれた長い脚を組んでいる様子は、どこかのファッション誌の表紙写真を飾っていてもおかしくない。琥珀色の目が文字列を追い、長い指がページを繰る。鼻筋のスッと通った、全体的に色素の薄い整った横顔は、普段と違って表情に乏しく、どこか作り物めいていた。

「駿くん、結構待ったかな。ごめんね」

「凜さん！　全然です、本読んでたんで！」

凜が傍に立つと、駿はひょいと顔を上げて口元を綻《ほころ》ばせる。そうすると、いつもの明るく表情豊かな駿が現れたようで、凜はほっとした。

――結局。

凜は約束をしたその日から、「料理好きの男子大学生」のアカウントを開くことはなかった。わざと考えないようにしていたわけでもない。好奇心は猫をも殺すということわざを念頭に、ゆめゆめ調べてはいけないと自己暗示をかけたわけでもない。ただ、なぜか、驚くほど「どうでもいいな」と感じたのだ。

駿がもしも「そう」だったとして。そして、「料理好きの男子大学生」が、もしもあの時、凜が予想をつけた通りの行いをしていたとしても。

何がどうであっても、もう、どうでもいい。——その奇妙な無気力さの理由を、凜は自身に説明できずにいる。

内心の複雑な澱《よど》みを隠し、凜は駿の手元を覗《のぞ》き込んでみた。だいぶ紙質の黄ばんだ、古いハードカバーだ。重厚な緑色の布表紙は、大学図書館でよく見た気がする。

「何読んでたの？」

「グリム童話です。子どもの時は普通におとぎ話として楽しんでたようなものだけど、この年になって久しぶりに読むとなかなか興味深いですよ」

「へえ、学校の研究はそういう系のやつ？」

「いえ！　これも趣味です」

初版本から、決定版とされる第七版まで、結構改訂されていて、削除された話も多いみたいなんですよ、と。解説を加えつつ、駿は本をパタンと閉じた。

「ヘンゼルとグレーテルとかは有名ですけど。僕が面白かったのは、『ねずの木の話』

と『強盗のおむこさん』かな。それこそ決定版までに削除されちゃったからペロー童話の方が馴染み深いかもですが、『青ひげ』も好きです」

「青ひげは知ってるよ。駿くん、割と怖い話が好きなんだね」

しみじみ呆《あき》れ半分につぶやく凜に、駿は「そうですか？」とからりと笑った。

一緒になって笑いつつ、凜はふと、彼の好きだという童話の内容を思い起こしてみる。

（たしか『青ひげ』って……夫の言いつけを破って禁じられた部屋に入った新妻が、殺された先妻たちの死体を発見しちゃう話じゃなかったっけ……）

興味本位でひとの秘密に立ち入ってはならない。そんな教訓めいた側面を持つおとぎ話。天井からたくさんの女たちがぶら下がった光景は、なかなか衝撃的なものだ。……今この時にそのタイトルを出すことに、きっと他意はない、のだろう。

「……ちなみに『ねずの木の話』は、継母《ままはは》が息子を殺してシチューにして、実父に食べさせる話。『強盗のおむこさん』は、結婚詐欺を働いてさらってきた女の人を殺して、塩漬け肉にして食べてしまう悪党の話、です。……グリム兄弟って、童話と銘打ってしまうと問題がありそうな内容の話は、世間から喰《く》らった突き上げを反映してか、版を重ねるごとに小さい子が読んでも平気な方向にだんだん修正していったそうなんですが。たまに残虐さに関しては、レベルアップしてるやつもあるらしいんですよね」

興味深い現象ですよね、と駿は続けた。

「大人が読んでも面白いなあって。残酷だったり理不尽だったりする話もあるけど、不思議と心惹《こころひ》かれるというか。森に行けばオオカミが出てきて花を摘もうって誘ってくれるし、親に捨てられた兄妹《きょうだい》も、魔女がお菓子の家を準備して待っていてくれるし、殺されてしまったお兄ちゃんの骨は継母の命と引き換えに生き返るし。ものすごく非現実的でファンタジックで、非合理的な話ばかりなのに。不思議なくらい、魅力的で」

毛羽だった若草色の表紙を優しく指でなぞり、駿は歌うように続けた。

「――たまには大人にも、非日常な童話が、必要なのかもしれませんよね」

そうかなあ、と凜は笑った。

何やら示唆的な話をされているにもかかわらず、妙に心は凪《な》いでいる。その凪《なぎ》が自分で不思議でもあり、かと言って、それ以上深く考える気にもならないのだった。

*

一目見て高級とわかるタワーマンションに案内された時も、ロビーにいるコンシェルジュに深々と頭を下げられた時も、彼が迷いなく押したフロアが上から数えた方が早い上層階だったことも驚き通しで、凜はお上りさんのようにキョロキョロとあたりを見回してばかりだった。

「駿くんってお金持ちの子なんだなあ」

まるでモデルルームをそのまま買い取ったような内装のリビングダイニングに案内さ

れながら、凛はしみじみ呟《つぶや》いた。駿はそれには答えず、ただ微笑むばかりだ。

アイランド式のキッチンとも一体となったリビングダイニングには、二脚の椅子を持つ木製のテーブルセットが用意してあり、生成《きな》りのテーブルクロスがかけられていた。

「すごい、お花まで飾ってある」

テーブルのそばに歩み寄り、凛は感歎《かんたん》の声を漏らす。

透明なガラスの花瓶には、綺麗《きれい》に花が生けられていた。黄色い花芯《かしん》を取り巻くように白い花弁をぐるりと持つ可憐《かれん》な菊の花、赤紫の小さな花をたっぷりとつけた見覚えのないものをメインに、針葉樹がグリーンに添えられている。

「こっちはノジギクで、赤紫のはネメシアです。これはモミ。クリスマスのイメージが強いから迷ったんですけど、花言葉が好きで」

「花言葉？」

「はい。花って、人に贈るときとか特に、気持ちを込めるものじゃないですか。だから、誰かに会うときに使う花は、僕は結構、花言葉って気にする方で。だって、飾ってるだけでメッセージになるじゃないですか。あなたには今、こんな気持ちでいますよって」

「なるほど。わかる気がする。駿くんって、意外にロマンチストなんだね」

「そうみたいですね。僕も自分で意外に思ってます」

はにかむように口元を和らげる駿に、凛は尋ねた。

「それぞれ、どんな花言葉なの？」

「ネメシアとモミは『正直』、ノジギクは『真実』です」

「……へえ？」

知らなかったなあ、駿くんは物知りなんだね、と。

わざと気の無いような返事をしてみせると、「ネットは便利ですから、簡単に調べられるんですよ」と絵に描いたような謙遜《けんそん》がくる。まるでお互いに、お互いの内側に触れる前に、破れやすそうな表面をなぞり合っているような会話だと、凛は感じた。むしろ、風船と針を顔の前に構えて向き合っているような——どちらかが一歩踏み込んだ瞬間に、音を立てて容易《たやす》く弾《はじ》ける。

風船の中身は空気か水か。毒か、血か、果たして。

——先に話題を逸《そ》らしたのは凛だ。

「すごい。この間見た機材、全部きちんと揃えて出しておいてくれたんだね」

キッチンのそばには、三脚で固定されたカメラや集音マイクなどが設置されている。先日、調理器具を一緒に選びに行ったときに、ついでに近所の家電量販店に寄り、お手頃価格で仕入れられる撮影用の必須《ひっす》機材をあれこれと教えたところだったのだ。メモをとりながら真剣に頷《うなず》いていた駿は、アドバイスを律儀に聞き入れ、言われた通りのものをしっかり買い込んできたらしい。

前職で使ったことのあるものばかりだ。それぞれ機材の位置を確認したり、マイクの具合を確認しながら、凛は何気なく尋ねた。

「今日は何を作るの？」

「この間生姜《しょうが》焼きの時から使った豚がまだ割と余ってて、それで、低温調理のヒレカツと……あと、ロースの塊と。脚が一本まるっとあるから、豚骨スープかな。酒と塩と生姜に漬けて冷凍してあるんで、下味はしっかりめについていると思います」

「へえ、美味《おい》しそう」

「美味しいと思ってもらえるように頑張りますね」

「けど、豚が余ってるって。脚が一本っていうのも、まるで、丸ごと一頭買いしてるみたいな言いかた」

何気なく笑った後に、凜は「しまったかな」と思う。

深入り、しすぎただろうか。

「……」

これに対して、駿は特に反応をせず、表情も変えなかった。そう、いつもの明るい笑顔のままだ。まるでべったりと顔に貼り付けたような。

「そういえばさぁ」

駿が何も答えないので、――ついでとばかりに、凜は話を振ってみた。

「佐藤駿くんって、初めて会うはずなのに妙に馴染《なじ》みの深いような名前だなぁって思って調べてみたら、今、一番日本で多い苗字《みょうじ》って、佐藤なんだね。ずっと鈴木《すずき》がトップだと思ってたんだけど」

「へえ、そうなんですね」

「……で。駿って、ちょうど二十年前の男の子の生まれ年別名前ランキングで、一番多い名前だったんだって。それじゃ佐藤駿くんって、ザ・二十歳の日本人って感じの名前なんだね。聞き覚えがあるはずだなぁ。男子大学生の名前としては、まるで取ってつけたみたいにおあつらえむきだね」

「そうなんですか。面白い話ですね」

「面白いよね」

ニコ、ニコ、ニコ。

駿は笑顔で、凜も笑顔だ。

お互いに、同じ笑みを顔に貼って、朗らかな声で話し続けている。——それきり、会話は途絶え、凜が機材を調節する硬質な音だけが場に満ちた。

「……僕、料理も好きだけど、本を読むのも好きなんですよね」

不意に。

黙りこくっていたはずの駿が口を開いたので、三脚の下にかがみ込んでカメラの角度を細かく調整していた凜は顔を上げた。

「最近読んで面白かったのは、ビル・シャットの『共食いの博物誌』って本です。その序文に書いてあったんですけど。二〇〇三年、アメリカン・フィルム・インスティテュートがアメリカ映画百周年記念イベントの一環で、『映画に出てくるヒールで一番魅力的なのは誰か』ってベスト五十までランキングを出したとき、見事一位に輝いたのが、ハンニバル・レクター博士だったらしいんですよ」

「ああ、それで読んでたんだ。『羊たちの沈黙』を」

映画も観ました、名作ですよね、と駿は笑った。

「残りのランキングでは、もっと古い映画だけど、ヒッチコックの『サイコ』の殺人鬼ノーマン・ベイツが二位だそうです。そっちのモデルは、エドワード・ギーンという人物らしいですよ。エド・ゲインはご存じです？」

「……詳しくは。名前は知ってるかな」

凜はあえてそらっとぼけてみせた。そんな凜の内心を知ってか知らずか、駿は楽しげに解説を加える。

「二十世紀初頭にアメリカを騒がせた食人鬼です。近所の人間を捕まえて、肉を食べて、骨や皮で家具をこしらえていたそうですよ。警察が彼の家を捜索した時には、頭蓋骨《ずがいこつ》でできたスープボウルや、上下の唇で飾られたカーテンの引き紐《ひも》が発見され、フライパンの中では心臓が煮えていたとか。『サイコ』は別にカニバリズムの話じゃないんですけど、モデルになった人物を考えると、魅力的な悪役のツートップがカニバリズム関係だなんて。面白い、ですよね」

「そうだね」

つとめてそっけないふりを装って、凜は相槌《あいづち》を打った。

でも、不思議だ。

(もうほとんど正解に近づいている。そう、彼が誰で、……このあと彼がどんな話をするのか。私はもう、はっきりとわかってしまっている)

それなのに。

なぜか、ちっとも恐ろしさを感じない。

相変わらず、心臓は早鐘を打つこともなく、なんの動揺もない。まるで、展開の分かり切った物語に……それこそ幼い頃から慣れ親しんだ童話に耳を傾けているような、穏やかな安らぎさえある。

そういえばこのスタジオのオープンキッチンにも、どことなく見覚えがある。もっとも、凜に見覚えがあるのは、調理する『彼』の手元の背景として映し出されるごく一部だけで、それも普通のキッチンといえばそれまでだけれど。不思議と「ああ、これはあそこだな」という確信がある。

「話が逸れちゃいましたね。今日のメニューなんですけど……一つ、食べる時は凜さんと一緒がいいなって思いつつ、調理方法に迷ってる部位があって」

「うん」

「ちょっと、見てもらえます?」

扱いにくいから基本的には煮出してスープかなって思うんですけど、と前置きしながら、駿は凜を手招いた。

キッチンダイニングから離れ、いったん廊下に出て、別の部屋へ。途中、ドアの隙間から青いビニールシートを敷き詰めた用途不明の一室が窺《うかが》えたが、あえて見なかったふりをする。

案内された先には、大きな銀色の業務用冷蔵庫が鎮座していた。この家電特有の、ぶうん、という低い唸《うな》りが、静かな部屋の空気を震わせている。

「これです」

ふんわりと微笑んで、駿は冷凍室の扉に手をかけた。

開いたその奥から白い冷気があふれ、薄暗い内部に、ぽっ、と光が灯《とも》る。

そこには。

――ドロリと濁った恨みがましい目を宙に向ける、愛美の生首が入っていた。

(ああ)

ゆっくりと息を吐き出し、凛は瞼《まぶた》を閉じた。

知ってしまった。もう、後戻りはできない。

(でも、限界だった私を救ってくれたのは、駿くんの料理で。彼が私のために作ってくれたものは、全部美味しかった。材料が何で、調理過程がどうで、……そんなことがどうでも良くなるくらいには。だからもう、答えは出ているんだ。とっくに)

黙って立ち尽くす凛に、駿は小首を傾げた。

「ね。僕の肉料理、美味しかったでしょ」

「……」

「……あ。ひょっとして、通報します？」

目を瞬《しばたた》き、別に焦ってもいない調子で問うてくる彼に、凜は微笑み返してかぶりを振った。

「ううん。だって、駿くんの肉料理、美味しかったもの」

通報するかと確認した時は一切の動揺を見せなかった駿は、この反応にわずかに瞠目《どうもく》した後、心得たように笑みを深める。

「それより駿くん。カメラ、これじゃまだ回せないね。編集するにしても記録残したくないでしょ？」

腕まくりをしてなんでもないように「どうしようか？」と問い返す凜に、「他の部位なら多分問題ないと思うので、そうですね……。せっかくロースが余っているんだし、今度チャーシューでも作ろうかなあ……」と、駿は普段通りの底抜けに明るい笑顔を見せた。

＊

凜にとって、料理は別に好きなものではない。……いや、なかった。

できなくはない。でも、必要ないなら避けたい。そんな存在が、料理。

どんな味でも喉《のど》を通れば同じだし、どうせ摂取する栄養が同じなら、ゼリー飲料やブロックビスケットの方が効率的だろう。けれど、そんな凜は今、某動画サイトの、とあるお料理チャンネルに夢中だ。配信者と一緒に番組の企画を練り、材料を調達し、動画を撮って編集することに。

仕事が終わって、家に帰って。日中の疲労と憂鬱《ゆううつ》とをしこたま溜《た》め込んだ重たい体を座椅子に落ち着け、だるさを押し切ってスマホをタップ。

すると、魔法が始まるのだ。

「――はいっ、みなさんこんにちは！　今日も〝料理好きの男子大学生〟の動画をご覧いただき、ありがとうございます」

（うん、今日のもよく撮れてる）

明るい笑みを浮かべた男の子が、楽しそうに料理をして。美味《おい》しそうなご馳走《ちそう》が、見る間に出来上がっていく。包丁とまな板とお鍋《なべ》とコンロで、日常の嫌なことも全部刻んで、焼いて、ぐつぐつ煮詰めてしまうかのように。

画面の中で繰り広げられる、家庭的で平凡で、優しく穏やかな非日常。

ああ。――その箱庭の、なんと甘美で素敵なことだろうか。

そのひとくさりの童話を創り出す手伝いをできるなら。凜は、この上なく光栄だと思うのだ。

カメラの前で下拵《したごしら》えのすんだ「お肉」を調理する駿をその目に映しながら、凜は今日もうっとりと微笑むのだった。

参考文献

ビル・シャット『共食いの博物誌　動物から人間まで』太田出版
グリム兄弟『初版グリム童話集　ベスト・セレクション』白水社
William Thomas Harris III『The Silence of the Lambs』St.Martin's Press
井上たかひこ『水中考古学のＡＢＣ』成山堂書店
『海底の神秘と謎』「沈没した豪華客船「タイタニック」」蓮見清一　宝島社
木村淳・小野林太郎・丸山真史編著『海洋考古学入門　方法と実践』東海大学出版部

本書は書き下ろしです。
この作品はフィクションです。実在の人物、団体等とは一切関係ありません。

# 死《し》にたいあなたに男子大学生《だんしだいがくせい》がお肉《にく》をごちそうしてくれるだけのお話《はなし》

夕鷺《ゆうさぎ》かのう

令和4年 12月25日　初版発行

発行者●山下直久

発行●株式会社KADOKAWA
〒102-8177　東京都千代田区富士見2-13-3
電話　0570-002-301(ナビダイヤル)

角川文庫 23469

印刷所●株式会社暁印刷
製本所●本間製本株式会社

表紙画●和田三造


ISBN 978-4-04-113181-7　C0193

◇◇◇